文春文庫

旧主再会

酔いどれ小籐次（十六）決定版

佐伯泰英

文藝春秋

目次

第一章　万両の大杯　9
第二章　信州御用旅　71
第三章　城下緊迫　134
第四章　わさび田湧水の戦い　196
第五章　酔いどれと殿様　260
巻末付録　国宝・松本城を〝攻める〟　323

主な登場人物

赤目小籐次《あかめことうじ》　元豊後森藩江戸下屋敷の厩番。藩主の恥辱を雪ぐため藩を辞し、大名四家の大名行列を襲って御鑓先を奪い取る騒ぎを起こす（御鑓拝借）。来島水軍流の達人にして、無類の酒好き

赤目駿太郎　刺客・須藤平八郎に託され、小籐次の子となった幼児

おりょう　大身旗本水野監物家奥女中。小籐次とは想いを交わし合った仲

久留島通嘉《くるしまみちひろ》　豊後森藩藩主

高堂伍平　豊後森藩江戸下屋敷用人。小籐次の元上司

久慈屋昌右衛門　芝口橋北詰めに店を構える紙問屋の主

観右衛門　久慈屋の大番頭

おやえ　久慈屋のひとり娘

浩介　久慈屋の番頭。おやえとの結婚が決まる

新兵衛　久慈屋の家作である長屋の差配だったが惚けが進んでいる

お麻　新兵衛の娘。亭主は錺職人の桂三郎、娘はお夕

勝五郎　新兵衛長屋に暮らす、小籐次の隣人。読売屋の下請け版木職人。女房はおきみ

空蔵《そらぞう》　読売屋の書き方。通称「ほら蔵」

うづ　平井村から舟で深川蛤町裏河岸に通う野菜売り

梅五郎　駒形堂界隈の畳職・備前屋の隠居。息子は神太郎

万作　深川黒江町の曲物師の親方。息子は太郎吉

美造《よしぞう》　深川蛤町の蕎麦屋・竹藪蕎麦の親方。息子は縞太郎

青山忠裕《ただやす》　丹波篠山藩主、譜代大名で老中。小籐次とは協力関係にある

おしん　青山忠裕配下の密偵。中田新八とともに小籐次と協力し合う

松平保雅　信州松野藩藩主。天明七年の品川の騒ぎで小籐次と活躍

古林欣也　松平保雅の近習

御嶽十郎左衛門　松野藩御番衆総頭

小埜文左衛門　松野藩国家老

旧主再会

酔いどれ小籐次(十六)決定版

第一章　万両の大杯

一

文政三年（一八二〇）三月。

赤目小籐次《あかめことうじ》は今里村の豊後《ぶんご》森《もり》藩下屋敷の門前をうろうろ行き来して、門を潜《くぐ》る決断がつかないでいた。用人の高堂伍平《たかどうごへい》から、

「いささかそなたに大事なる御用是《これ》あり、一度、下屋敷に顔を出すよう」

という書状を貰《もら》っていた。それも野分《のわき》が江戸を吹き荒れた昨秋のことだ。

あの時もそれ以降も、小籐次の身辺は多忙を極めていた。失念したわけではなかったが、書状の呼び出しに応《こた》えていなかった。

高堂用人は小籐次が厩《うまや》番として森藩久留島《くるしま》家に奉公していたときの上役だった。

奉公を離れた今も高堂用人の苦虫を嚙《か》み潰《つぶ》したような顔を思い出すと、じんわりと冷や汗が滲《し》みた。なんとも苦手な人物だった。

小籐次は門内をちらりと覗《のぞ》き見したあと、いったんは入りかけたが、足の向きを変えて下屋敷の前を通り過ぎていた。

怒っておられようか、いや、このところ呼び出しがないゆえすでに用向きは解決したのではなかろうか、ならばこのまま芝口新町の長屋に戻ろうか。

そのためには森藩下屋敷の前を通るか、さもなくば大きく遠回りするしか方法はない。遠回りするのは面倒じゃ、いささか腹も減った、門前をそうっと抜けようと決めた。

このところ研ぎ仕事に精を出したので、今朝は五つ（午前八時）の刻限まで寝坊した。

小籐次が起きたとき、駿太郎《しゅんたろう》の姿はすでになかった。

差配の新兵衛の呆《ぼ》けは近頃いっそう進行して、子供返りしていた。そこで差配の仕事は完全に娘のお麻の手に移り、お麻を亭主の桂三郎が手伝っていた。

駿太郎は一人で起きてそのお麻の家に行き、お麻の娘のお夕に面倒をみてもらっているのだろう。近頃では小籐次の長屋で過ごすよりお麻の家にいるほうが長いくらいで、家族同然に遇されていた。

(駿太郎の面倒を忘れておると、ほんとうにお麻さん方の子になりそうじゃぞ)

と小籐次は思い、

(そうだ)

と考えが浮かんだ。

本日は駿太郎を伴い、旧藩の久留島家下屋敷を訪れよう。駿太郎連れならば高堂用人もそう怒るまい。また駿太郎と話もできる。時に養父の真似事《まねごと》をせぬと、お夕の弟になってしまうぞ、と己に言い聞かせた。

小籐次は寝床から出ると厠《かわや》に行った。

「ふああっ」

と生あくびしながら版木《はんぎ》職人の勝五郎が後架から出てきた。

「旦那《だんな》、近頃研ぎ仕事に精を出して、町廻《まちまわ》りを怠ってねえか。そのせいかネタ涸《が》れで、うちに舞い込む仕事は半端仕事ばかりだぜ」

と文句を言った。

「わしは町方同心ではない。研ぎ仕事が本業じゃ。本業に精を出してなにが悪い」

「読売にさ、派手さと色気がないいんだよ。なんたって酔いどれ小籐次の絡む話は、かっこうの読み物だ。江戸じゅうが旦那の活躍を待ってるんだぜ」

「勝五郎どの、そなた、わしを読売屋の手先と勘違いしておらぬか」

「そんなことはどうでもいいからさ、どーんと派手なネタを拾ってきねえ」

「いや、本日は駿太郎を伴い、旧主森藩下屋敷に挨拶《あいさつ》に伺う」

「駿太郎ちゃんはいないぜ」

「なんじゃと」

「桂三郎さんがよ、下谷《したや》のお店《たな》に急ぎ仕事の品物を納めに行くってんで、お夕ちゃんと一緒に連れてったぜ。お店に品を納めたら浅草寺《せんそうじ》見物に回ってさ、昼餉《ひるげ》を食べるとかで、うちの保吉もお誘いをうけてよ、四人で出かけたな」

「なんだ、駿太郎はおらぬのか。致し方ない、一人で下屋敷を訪ねるか」

高堂用人の顰《しか》め面が脳裏に浮かぶのを払いのけて、洗面を済ますと長屋を出た。

その刻限が五つ半（午前九時）前のこと、小籐次の足で半刻《はんとき》（一時間）もあれば下屋敷に辿《たど》りつく、だが、一向に足が捗《はかど》らず、門前に到着したのは昼前のことだ。

それからすでに半刻余も門前をうろついているので腹も減っていた。

ともかく、そうっと門前を抜け、大木戸辺りの飯屋に入り、腹ごしらえをしよ

うと覚悟を固めた小籐次は、目を瞑《つむ》って門を通り過ぎた。すると前方に人の気配がして、慌てて目を開けると、

「わあぁっ」

と叫んでいた。

高堂用人が怖い顔をして道の真ん中に仁王立ちになって立ち塞《ふさ》がっていた。

「天下の酔いどれ小籐次ともあろう者が、女子供のごとく白昼の大道で悲鳴を上げるとは何事か」

「はっ、はあ」

「はっ、はあ、ではない。わしの呼び出しはいつのことであったな、赤目」

「はて、そのようなことがございましたか」

「あったからこそ、そのほう屋敷を訪ねてきたのであろうが」

「いえ、偶々《たまたま》前を通りかかりましたで、挨拶をなそうかどうしようかと」

「ために半刻余もわが門前を行ったり来たりしておったというか。たわけ者が」

「は、はあっ」

と小籐次は畏《かしこ》まった。

今や江都《こうと》に知られた武芸の達人の酔いどれ小籐次だが、森藩下屋敷の主《あるじ》のよう

な顔で亡父伊蔵《いぞう》を叱《しか》り飛ばしていた高堂用人は、物心ついたときから大の苦手だった。

「入れ、小籐次」

「やはり屋敷に入らねばなりませぬか」

「そのほう、わしの呼び出しをようやく思い出したゆえ、今里村を訪ねてきたのであろうが」

と念を押した。

「まあ、そのようなわけにございますかな。されど高堂様が長屋を訪ねてこられたのはだいぶ前の話。用事などとっくにどなたかがお果たしにございましょう」

「すべて承知ではないか。だが赤目小籐次、用事はまだ生きておる」

と答えた高堂用人は小籐次を追い立てるように門内に入れ、台所に追い込んだ。

下屋敷の台所の板の間は下屋敷の奉公人が三度の食事をなし、膳《ぜん》を片付けるとすぐに、竹細工などの内職の仕事場に変わった。

森藩下屋敷勤めの奉公人はこの台所で大半の時を過ごすといっても過言ではない。小籐次の日常もそのようなものだったから、上がり框《かまち》の汚れも柱の傷もすべて承知だった。

「おっ、酔いどれ様が用人どのにつかまって姿を見せたぞ。ようもまあ、半刻以上も門前をうろうろとしていたものよ」

昔仲間の中間《ちゅうげん》の阿曽吉が番傘の柄を手に笑った。

「そなたら、わしの行動を承知か」

「天下の酔いどれ小籐次様が、うちの用人様に頭が上がらないとは、どういうわけかね」

と飯炊きばあさんのおみつが阿曽吉に応じて、さらに追い打ちをかけるように言った。

「死んだおっ母さんが腹にさ、やや子を宿していたとき、高堂様と何事かあったんじゃないかね」

「おみつさん、何事かってなんだ」

「そりゃ、男と女に関《かか》わることだ」

「酔いどれ様のおっ母さんは美人だったものな」

「若い日の高堂様が懸想したかね」

と勝手に言い合う奉公人に、

「馬鹿もんが、黙れ黙れ」

と高堂用人の一喝が響き渡った。

首を竦《すく》めたのは小籐次だけで、他の奉公人は平然としていた。

「赤目、奥に参れ。いささか仕度がある」

「どちらかにお出かけにございますか」

「出かける」

と苦虫を嚙み潰した顔の高堂用人に、

「あのう、それがし、朝餉を抜いておりまして、腹が減っております」

「わしは半年以上もそなたの到来を待ち続けたのじゃぞ。一、二度飯を抜くくらいでなんじゃ」

「力が入りませぬ」

と弱々しく抗弁する小籐次を見て、にたりと笑ったおみつが、

「用人様、腹が減っては戦はできないだよ。酔いどれ様に飯《まんま》くらい食わしたらよかろう」

「そうだよな。天下の酔いどれ様を呼びつけて飯も接待せんでは、森藩は人でなしなんぞと、読売に書き立てられるかもしれねえな」

と中間の和之助が言った。

「なにっ、読売にうちの不人情が書き立てられるだと。それは困る、大いに困る。致し方ない。皆で赤目小籐次を見張りつつ、おみつ、膳を出してやれ。残り飯に大根の古漬けの尻尾があれば十分じゃぞ。その間にわしは仕度するでな」

高堂用人が姿を消した。

「ふうっ」

と小籐次が大きな溜《た》め息《いき》を吐《つ》いて上がり框に腰を下ろした。

「赤目様よ、今、飯を仕度するでな、ちょっくら待ちなせえよ」

内職の席からおみつが立ち上がった。

「それにしてもよ、天下の赤目小籐次がさ、高堂様のどこが怖いのかねえ。呆《あき》れてものが言えねえな」

「そんなことより阿曽吉さん、このめえの話はどうしただ」

「このめえの話だと。おおっ、新春歌会なるものを、水野家に奉公されていたおりょう様が豪壮な御寮で主催なされたとか。その席に江戸じゅうの歌人が顔を揃《そろ》えて、老中の青山様まで立ち寄られたそうな。そのお膳立てをすべて整えたのが赤目小籐次というのだが、酔いどれ様、そりゃ、真《まこと》の話か」

「阿曽吉さん、そのように馬鹿げた話があろうか。それより腹が減ってたまらぬ」

と力なく呟《つぶや》く小籐次の顔の横に丼《どんぶり》がすいっと差し出された。

うーむ

と小籐次が香りに吸い寄せられるように顔を向けると、おみつが言った。

「ほれ、力水だ」

「力水じゃと。おお、これはまさしく力水。おみつさん、頂戴《ちょうだい》してよいか」

「用人様はどうせ、赤目様になんぞ厄介な用事を押し付ける気だよ。それも、ただ働きじゃぞ。下屋敷に酒なぞ滅多にあることはないが、ちょうどよいことに先日、重臣方が下屋敷に来られてな、なにやら談合をなされた。そのあとで持参の酒を飲まれただよ。そいつをさ、お燗番《かんばん》のおみつがちょいとちょろまかしておいただ。なあに談合というが、本心は上屋敷を離れて、酒を飲みに来られただけだね。貧乏小名の重臣様の考えそうなこった」

「なかなか知恵を回したな」

「あの日の夕餉は、芝沖で獲《と》れた魚や貝で賑やかだったさ」

「正月や盆より膳が賑わった」

その日のことを思い出したか、下屋敷の奉公人が言い合った。

小籐次は丼の酒の香りをくんくんと楽しむと、

「頂戴いたす」

と一座に告げ、口を寄せた。

くいくいくーい
と三口ほど酒を喉《のど》に落とすと、

「喉が渇いておるで、ことさらに美味じゃぞ」

とおみつに礼を言った小籐次が、

「だれか、高堂様の御用を知らぬか」

と訊いてみた。

下屋敷の奉公人は一日の大半をこの板の間で過ごすのだ、秘密などあってない暮らしだった。

「そ、それよ、酔いどれ様よ」

別の中間の鷺平が番傘の柄造りをしながら顔を向けた。

「高堂様が赤目小籐次に会わねばならぬと言い出されたのは、昨年のことだったな」

「鷺平さんよ、この界隈《かいわい》を野分が襲ってよ、大雨が降った秋のことだよ」

「そうだ、半年以上も前のことだ。その前に高堂様が上屋敷に呼ばれてよ、その後から言い出したことだよ、酔いどれ様よ」

「用事とは上屋敷か」

「まずそんな見当だ」

小籐次は上屋敷を訪ねたことなど数度しかない。まして奉公を辞した身、上屋敷の様子が分るはずもない。

小籐次は丼に残った酒をこんどは一気に、
くいっ
と空けた。

おみつが椀《わん》に味噌汁《みそしる》を装《よそ》ったのを見たからだ。

「待たせたな。ここんとこうちではひじきを炊き込んだ飯ばかりだ。米を減らし、量《かさ》を増やすためのひじきだ、美味《うま》いわけもない。菜は、筍《たけのこ》の煮ものだ」

「けっこうけっこう」

小籐次は運ばれてきた膳の上の箸《はし》を待ちかねたように取り上げ、両手の親指と人差し指の間に挟んで合掌した。

味噌汁は大根の千切りが具だったが、だいぶ煮詰まっていた。それだけに大根に汁の味が染みて美味かった。

「おみつさん、大根の味噌汁がなんとも美味いぞ」

「酔いどれ様はこの屋敷を出て、一気に売り出してよ、毎日三度三度が山海の珍味、二の膳付きだろうが」

「たわけたことを申すな、阿曽吉。九尺二間の長屋暮らしで二の膳付きなどおかしかろう。時に腹を空《す》かせて眠ることもあるぞ。その日暮らしよ」

「なに、読売には久慈屋《くじや》や深川のお大尽と付き合いがあると書いてあったが、ありゃ嘘《うそ》か」

「わしは水戸家にもお出入りとある読売を読んだぞ」

と昔仲間だけに遠慮がない。

「紙問屋の久慈屋様とも深川の惣名主《そうなぬしみ》三河蔦屋《かわつたや》様とも入魂《じっこん》の付き合いを許されて、時に金子《きんす》を頂戴することもある。じゃが、その大金もいつしかどこかに消えてな、結局この屋敷で覚えた研ぎ仕事で稼いで、腹を満たす日々じゃ」

「なんだ、この屋敷を抜けて、贅沢三昧《ぜいたくざんまい》の暮らしかと思ったが、そうでもないか」

「ない、ござらぬ。うーむ、このひじき飯、美味いな。おみつさんや、済まぬが古漬けの残りはないか」

「ひじき飯はもそもそするでな、古漬けを刻んで載せるとなかなかいけるがよ、それも二日三日と続くといささか、飯炊きのおみつも持て余す。ほれ、まくわ瓜《うり》の古漬けではどうだ」

「おおっ、まくわ瓜は好物じゃ」

小籐次は、筍の煮ものと大根の味噌汁で二杯のひじき飯を食して大いに満腹した。

「酔いどれ様の飯の食い方を見ておると、腹を減らして寝る暮らしというのも、まんざら嘘ではなさそうじゃ」

おみつが得心したように頷いた。

「おかしいではないか」

と言い出したのは一応武士身分の軽部助太郎だ。

「軽部様、なにがおかしい」

と阿曽吉が軽部に問い返した。

「読売に、水野家に奉公していた北村おりょう様の後見は赤目小籐次と書いてあったのを読んだぞ。それに新春歌会の場所になった川向こうの御寮は、なんとも豪壮な屋敷で、敷地も広いと書いてあったぞ」

「それがどうした、軽部様」

「阿曽吉、肝心なことはここからだ。北村おりょう様が江戸歌壇に出ていく機会も場も拵《こしら》えたのはすべて赤目小籐次、とはっきりと書いてあった。老中青山様が立ち寄られるほどの歌会を催す、そんなお屋敷を購《あがな》う金子をこの酔いどれ様が持っておったということだぞ」

「待て、それが九尺二間の裏長屋暮らしか。おかしいではないか、軽部様」

「だからおかしいと言うておる」

白湯《さゆ》を啜《すす》る小籐次に視線が集まった。

「軽部」

と小籐次が呼びかけた。

軽部は、十数年前に国許《くにもと》奉公から江戸勤番を望んで念願かなった下士だ。だが、江戸には出られたものの上屋敷奉公ではなく下屋敷にあてられ、毎日の内職の暮らしに出世の望みも絶たれ、ただの不平屋、不満屋になっていた。

「ひじき飯を馳走《ちそう》と思い、満足する男が、さような手妻《てづま》を使えるはずもござるまい。読売は、売らんがためにあれこれと工夫を凝らす商いにござる。酔いどれ小籐次は、あの者たちが読売を売らんがために作り上げた、幻の男に過ぎぬ。実態は長屋暮らしの爺様《じい》」

「その口が怪しい」

と軽部が言い、さらに反論しようとしたとき、

「軽部、われらが知る赤目小籐次と酔いどれ小籐次は別人やもしれぬ。それを一緒くたにして責めたところで、こやつが真実を語るものか」

という声とともに、着古した黒紋付きの羽織袴《はかま》に着替えた高堂伍平用人が姿を見せ、

「赤目小籐次、供をせよ」

と命じた。

二

高堂用人が小籐次を連れていった先は、聖坂に裏門がある森藩久留島家の江戸上屋敷だった。表門は元札之辻近くの東海道に面して、さらに江戸の内海を望むところにあった。敷地の広さは四千二百坪ほどで、大名家の上屋敷としては狭い

部類だろう。

下屋敷の昔の仲間が推測したように、高堂用人の御用は上屋敷にあったようだ。

「こちらは上屋敷ではございませんか」

小籐次は用事の内容を知ろうと訊いた。

「分りきったことを訊くでない」

なんとなく高堂用人の言葉つきに緊張があった。

裏門の門番とは当然、高堂は知り合いである。だが、小籐次の禿《は》げ上がった額、ぎょろりとした大目玉、据わりのよい団子鼻、横へも下へも広がった耳が不細工に配置された大顔を見た若い門番が、

「おおっ」

と驚きの声を上げた。

「左兵次、そなたは赤目小籐次を知らぬか」

と高堂が訊き返した。

「はあ、去年、国許より江戸に上がってきましたで知りません」

左兵次と呼ばれた若者は二十歳前か、まるで宮芝居の役者を見るような、蔑《さげす》みと憧憬《しょうけい》の入り混じった目付きで見た。ひょろりと痩《や》せた若者で口の利き方も知ら

なかった。

「高堂様、赤目小籐次を敷地に入れてよろしいので。もしや暴れたりしませぬか」

「留守居役糸魚川《いといがわ》寛五郎様のお呼び出しに従うたものじゃ。わしが同道しておるで大事ない」

左兵次と高堂用人はまるで狂犬のことでも語るような、遠慮のない会話を小籐次の前でした。その上で高堂が、

「赤目、しばし待っておれ。留守居役様に問い合わせてみる。なにしろ最初に声を掛けられて半年以上も時が経《た》っておるでな、わしの怠慢のようでお叱りを受けそうじゃ」

と言い残すと、急にせかせかした歩きで裏門から内玄関へと向って姿を消した。

「左兵次、姓はなにか」

小籐次はどことなく見覚えがあるような気がして若い門番に聞いた。

「わしの姓か、谷下《やげ》じゃが」

「父上は五郎八といわれるか」

「うむ、酔いどれ様は親父を承知か」

呼び捨てから酔いどれ様と敬称が付いた。

「父上が江戸藩邸勤番の折は、共に悪さをした仲じゃ」

「死んだ親父を承知の人は少ないが、酔いどれ様と知り合いだったとはな。親父も奇妙な藩士と仲間だったのじゃな。出世もできず江戸勤番三年で国許に追い返されたわけじゃ」

「左兵次、五郎八どのから言葉遣いを習わなかったか。もっとも、父上も豊後訛《ぶんごなま》りが最後まで抜けなかったが」

小籐次に親父を承知と言われた左兵次は、なんとなく落ち着きをなくしてもぞもぞした。

「裏門とはいえ、どなたが訪《おとな》いを告げるか知れぬ門じゃぞ。そのような横柄な口の利きようでは、藩主通嘉《みちひろ》様の体面にもかかわろう」

「なにやら親父が生き返ってきたようじゃ」

「わしはそなたがしくじらぬよう教えておるのじゃ。わしの忠言をしっかりと頭に叩き込んでおけ」

小籐次の言葉に左兵次が呟いた。

「おかしい」

「なにがおかしい」

「読売には酔いどれ小籐次の活躍を派手に書き立てておる。あれは別人か」

「左兵次、そなた、ものの道理も知らぬのか。読売が売らんがためにあれこれと書き立てておることを本気にする馬鹿がどこにおる」

小籐次は下屋敷で吐いた言葉を繰り返した。

「ふーむ。なんだ、御鑓拝借《おやりはいしゃく》も小金井橋の十三人斬《ぎ》りとやらも嘘か」

どことなく得心した左兵次が、手にしていた六尺棒をいきなり、小籐次の足元をなぎ倒すように振るった。なかなか迅速な奇襲であったが、
ひょい
と小籐次が虚空に身を躍らせたので空打ちに終わったばかりか、飛び上がった小籐次に横面を思いきり張り飛ばされて、その場に転がった。

その様子を見ていた仲間の門番が笑った。

「左兵次、酔いどれ様にからかわれていることが分らぬか」

裏門の組頭が若い門番をたしなめた。

「わしの棒術をすかされたのは初めてじゃ」

と地面に転がされたままの左兵次が満足げに笑った。

「谷下の家には古流棒術が伝わっていると聞いた。じゃが、父上はついにわしの前で披露しなかったがのう。そなたに技を十分に伝えきれなかったとみゆる。五郎八どのの腕を見たかった。そなたの技では未《ま》だ父上の足元にも及ぶまいて」

小籐次の言葉を転がったままの左兵次が嬉しそうに聞き、

「いつか、酔いどれ小籐次を転がしちゃる」

と宣言した。

「いつなんどきでも襲うがいい。じゃが、この次は頬べたを張るくらいでは済まぬぞ」

分った、と左兵次は叫ぶと反動もつけずに身を起こし、小籐次の傍らに立った。二人の身丈の差は一尺以上もあった。

「わしゃ、酔いどれ小籐次を転がしちゃる」

と再び宣言したとき、奥向きの小姓が、

「赤目小籐次様、ご案内仕《つかまつ》る」

と裏門に姿を見せた。

「やっぱり赤目様と様付けで呼ばんとまずいか」

と呟く左兵次をその場に残し、小籐次は小姓に伴われて、庭伝いに奥へと連れていかれた。

江戸藩邸の奥庭は海山苑《みやまえん》と呼ばれていたが、小籐次は初めて足を踏み入れたことになる。小さな池を望む築山に亭《ちん》があって、その屋根の外に高堂伍平が片膝《かたひざ》を地面について控えていた。その背にありありと緊張が見えた。

「赤目小籐次様をお連れいたしました」

と小姓が言うのへ、昼行灯《ひるあんどん》と藩士らに陰で呼ばれる留守居役の糸魚川寛五郎がくるりと顔を向けると、

「お呼び出しからどれほどの月日が経ったと思うか、横着ものが」

といきなり小言を食らわした。

「それがし、浪々の身にござれば、どこからの呼び出しにも従う謂《いわ》れはございませんでな」

と小籐次が応ずると足元の高堂用人が、

「こ、これ、なんという口の利きようか。小籐次、膝をついてど頭《たま》を下げよ」

と竹屑《たけくず》の付いたよれよれの袴の裾《すそ》を引っ張った。

糸魚川の傍らの肥満侍が、ぎょろりとした目玉を小籐次に向けた。江戸家老の

宮内積雲で、藩主の分家筋にあたった。

「天下を騒がす酔いどれ小籐次じゃ。一筋縄ではいくまい」

と呟くと、

「高堂、糸魚川、そなたら、下がっておれ」

「ご家老、こやつ、暴れたりしませぬか」

「糸魚川、そなた、あの騒ぎからなにを学んだのじゃ。下がっておれ」

宮内に二度命じられた糸魚川と高堂用人、そして、小姓らが亭から立ち去った。

すると亭の中に藩主の久留島通嘉がいて、画帳と筆を両手に持ち、海山苑の季節の移ろいを写生でもしていた様子があった。

「小籐次、久しいのう」

小籐次は、初めてその場に両膝を折って座すと、頭《こうべ》を垂れた。

「通嘉様、麗しきご尊顔を拝し、赤目小籐次、慶びに堪えませぬ」

「よせよせ、小籐次。そなたは今や天下御免の酔いどれ小籐次ではないか。ご三家水戸斉脩《なりのぶ》様も老中青山忠裕《ただやす》様も入魂じゃそうな」

「入魂などとは滅相もございませぬ」

「ならば知らぬか」

「いえ、知らぬ仲ではございませぬ」

「ほれ、見よ。先日も老中青山様が酔いどれ小籐次に会うたと、嬉しそうに幕閣の集まりで披露なされたそうな。なんでもそのほう、北村おりょうとか申す、美貌の歌人の後見じゃそうな」

「通嘉様、と、とんでもないことでございます。それがし、おりょう様の後見などではございませぬ。ただの使い走りにございます」

真っ赤というより赤黒く変わった顔で小籐次は抗弁した。その様子を通嘉が嬉しそうな顔で見た。

「なんでも川向こうの御寮で歌会があり、おりょうなる者が江戸歌壇に名乗りを上げた場に、青山忠裕様も立ち寄られたというではないか。それも虚言か」

「いえ、それは真のことで」

「青山様をお呼びしたのは北村おりょうか」

「いえ、そうではございません」

「そなたじゃな」

「まあ、いささか曰《いわ》くがございまして」

「見よ、老中青山様と曰くがあると、ぬけぬけと申しおるわ。かような人物を久留島家は手放したのじゃぞ、叔父御」

　と宮内に呼びかけた。

「殿、この者、あの騒ぎがなくともいつの時か、わが藩の頸木《くびき》を離れて大海へ泳ぎ出しておりましょう。残念ながら森藩一万二千五百石ではこやつを飼いきれませなんだ」

　と宮内が言い切った。

「小籐次が勲《いさお》しを立てるたびに読売が書き立て、そのたびに城中で話題になり、久留島どの、あの者はそなたの家臣であったそうな、と問われるのがなんとも無念でならぬ」

　と通嘉が言った。

「殿、そのことより例の話をなされませ」

「おお、そうであったな」

　と通嘉が応じると、亭の中に立ち上がり、

「小籐次、予と庭を散策せぬか」

　と小籐次を池の縁へと導いた。小籐次は他人に聞かれたくない話かと、従うことにした。

「そなた、あちらこちらから頼まれごとをするそうな」

「格別看板を掲げておるわけではございませぬ。生計《たつき》は研ぎ仕事で立てております」

通嘉はそのようなことはすでに承知という顔で、

「近頃も深川惣名主を助けて成田山新勝寺に参ったそうじゃな」

「そのようなこともございました」

通嘉が小籐次の動静をよく知っているので驚いた。

小籐次にとって主君と呼べる人物はこの久留島通嘉しかいなかった。その通嘉が小籐次の生き方を羨《うらや》ましそうに話すのが奇妙に感じられた。

「小籐次、予の頼みも聞いてくれぬか」

「なんなりとも」

小籐次は即答した。

「真じゃな」

「通嘉様は生涯ただ一人のご主君にございます。家臣であった者が身命を擲《なげう》つのは当然の務めにございます」

「そうか、そうであろうな」

と答えながらも、通嘉はなかなか用事を告げようとはしなかった。

「いかがなされました、仰せ下さりませ。それほど赤目小籐次に信がおけませぬか」

「そうではない」

「ではなぜ言い淀《よど》まれますするか」

「予のことではないのじゃ」

「なんと仰せられました。余所《よそ》様の頼みにございますか」

「そのような顔で見るでない。城中でそなたのことが話題にのぼった折、ついつい予はそなたのことを自慢してしもうた。天罰があたったのじゃ」

「はあ」

「赤目小籐次は今もこの通嘉を主《あるじ》として慕うてくれておるとな」

「いかにもさようにございます」

「話してよいか」

と何度も念を押した。

「通嘉様の体面が立つことにございまするな」

「まあ、そういうことになろうか」

「お話し下さりませ。それがしにできることならばお役目請け負いまする」

「有り難い」

とほっと安堵《あんど》した表情に変わった通嘉が、

「昨秋のこと、城中の詰めの間に信州松野藩の松平能登守《のとのかみ》様がお出でになられた。予を訪ねてのことじゃ。むろんそれまで面識などない」

小籐次は信州松野藩と聞かされて、ひやりとした。いささか思い当たることがあったからだ。


「久留島どの、赤目小籐次はそなたの家臣であったな」

「いかにも家臣におりましたが、さる騒ぎを切っ掛けにわが藩から脱しており申す」

「丸亀藩、赤穂《あこう》藩、臼杵《うすき》藩、小城《おぎ》藩の四家を向こうに回して、久留島どのが家臣赤目小籐次が、四家のお行列の御鑓先を切り落とした騒ぎじゃな」

「いかにもさようにござる」

と松平保雅は見返した。

「今も赤目小籐次はそなただけを主君として慕うておるそうな」

「そのようなことがございましょうか」

「では、ないと言われるか」

「なんとも赤目小籐次の胸中を察することは、この通嘉、でき申さぬ」

「久留島どの、この松平能登に赤目小籐次を拝借願えぬか」

「はあ」

　と応じた通嘉は、松平保雅がなんぞ厄介ごとに巻き込まれて面識もない通嘉に恥を忍んで頼みに来たかと察した。

「して、その拝借の理由《わけ》とは」

「それは申せぬ。いや、赤目小籐次に会わせてくれるなら、赤目にはすべて話す。また、赤目小籐次には些少《さしょう》なりとも礼を考えており申す」

「松平様、それがし、赤目小籐次の口利き人ではござらぬゆえ、赤目がどう返答するか存じませぬ」

　通嘉は厄介ごとの内容も教えられぬ相談にこう答えていた。

「いや、赤目小籐次ならば必ずやそれがし、いやそなたのために働いてくれようと思う」

「松平様、要件相分りましてございます。赤目小籐次を藩邸に呼び出し、松平様の苦衷を伝えます。なれど、赤目はもはやそれがしの家臣ではござらぬゆえ、責任は負えませぬ」

「じゃが、そなたは詰めの間で朋輩《ほうばい》衆に、赤目小籐次の主は未だ久留島通嘉と自慢なされたというではござらぬか」

と松平能登守が通嘉の弱みを突いた。

「そのようなことがございましたかな」

「頼む、赤目小籐次につないでくれぬか。それも、できることなら他人に知られぬよう願いたい」

「分り申した」

と答えざるをえない羽目に追い込まれた通嘉は、城を下がってくると江戸家老である叔父の宮内積雲に相談し、

「赤目小籐次に通じるには、下屋敷の用人高堂伍平がようございましょう。早速、手配を致します」

「受けてくれるかのう」

「殿の頼みなれば必ずや」

と請け合った宮内だが、半年経っても小籐次からは音沙汰《おとさた》がなかった。むろん

高堂用人を通じて何回も小籐次に催促したが、梨《なし》の礫《つぶて》という。城中で松平能登守からも催促されていた。

「……そのようなわけじゃや、小籐次。予がいささか軽率であったことは否めぬ。じゃが、口を突いて出た言葉はもはや呑《の》み込めぬ。予が松平能登守どのの頼みを聞かぬとあらば、噂《うわさ》が城中に広がり、日頃の大言壮語と異なり、昔の家臣に命ずることもできぬ藩主という風評が流れよう。となると、面目丸つぶれじゃ」

「相分りましてございます」

「引き受けてくれるか」

「それがしの主君は久留島通嘉様お一人にございます」

「助かったぞ、小籐次」

と通嘉が安堵の声を洩《も》らした。

三

その日の内に、小籐次は信州松野藩松平能登守保雅の江戸上屋敷に連れていかれた。

小籐次は豊後森藩久留島家の家来に扮し、それも百石取りの御番衆《ごばんしゆう》の体《てい》で継《つぎ》裃《かみしも》に着替えさせられ、乗り物に随行することになった。破れ笠に差し込んであった竹とんぼを髷《まげ》に移した。それが小籐次のただ一つの身仕度だった。

乗り物の主は江戸家老の宮内積雲だ。

「小籐次、よいな、わが殿に城中で恥を掻かせる真似だけはするでないぞ」

御堀端に乗り物が差し掛かったとき、宮内が念を押した。

元札之辻の森藩上屋敷からの道中でも再三にわたり、同じ言葉を繰り返して案じた宮内だった。

「ご家老、まず要件を知らねば、なんとも答えられませぬ」

とこちらも同じ答えを返すと、乗り物から舌打ちが響いた。

「大名の体面を保つのに汲々《きゆうきゆう》としておる久留島家に、おぬしのようなふてぶてしい男がいたものか」

「豊後森藩で奉公していたのは何年も前のことにございます。それも一年の給金がいくらかご存じでござるか、ご家老」

「おぬしも武士の端くれであろう、給金のことなど口にするでない」

「武士も人の子、腹も減れば糞もいたします。飯を食さねば力も出ますまい。それがしの給金三両一人扶持、それも半知《はんち》借り上げ。それがし、親父の代から勘定いたさば、藩には少なく見積もっても三、四十両の貸しがございます」

「まさかこたびの御用を務めるにあたり、わが藩に請求する気ではあるまいな」

宮内の言葉には慌てた様子があった。

「本日も下屋敷では番傘の内職に励んでおりました。そのような余裕が森藩にございますかな」

「ない。そのような余裕など一朱《いっしゅ》とてない」

「藩の内情、読売に書かせるという手もござる」

「ひやっ」

と乗り物の主が悲鳴を上げた。

「こ、小籐次、そのようなことをしてみよ。久留島家の体面は地に落ち、家臣一同明日から江戸の町は歩けぬわ。通嘉様とて、城中で顔をお伏せになって詰めの間にじいっとしておらねばならなくなる」

「元々虚栄を張る余裕などなかったことをこの際、知るべきにございましょう。町方で暮らしていくためにいちばん厄介なのが体面、見栄、虚飾にございますでな。森藩も町方や下屋敷を見習い、分相応の暮らしをなさるべきです」

「傘造りをなせと申すか」

「その覚悟がおありですか」

乗り物は北町奉行所に向う呉服橋に差し掛かっていた。

はあっ、と嘆息した宮内が、

「小籐次、たのむ。城中で殿が体面を保たれておられるのは、おぬしの主であったという一事だけぞ。今も天下の酔いどれ小籐次を屋敷に呼びつけ、用を命ずる力をお持ちという、その殿の最後の体面まで剝《は》ぎ取らんでくれ」

「森藩家来でもなきそれがしが、かようにご家老のお供をしておるのはなんのためにございますな」

しばし乗り物の主は沈黙し、

「たのむ」

と再び声を絞り出した。


乗り物が北町奉行所南側に屋敷を構える信州松野藩六万石松平家の表門に到着すると、同行の供侍が松平家の御門番衆に身許を名乗り、訪いを告げた。

「豊後森藩久留島家の江戸家老どのがわが藩の江戸家老に面会となれ、約束あっての訪問にござろうな」

「いえ、急用にござるゆえ、本日の約定はございませぬ」

「ならば約束を定めて出直しなされよ」

御門番衆組頭はにべもなく追い返そうとした。

譜代の信州松野藩は六万石の大名にして幕閣の要職を務めることができる家柄ゆえ、屋敷も御城の東側の大名小路にあった。

西国が領地である外様《とざま》小名の森藩とは家格がまるで違った。

門前で困惑の体の若侍を見た小籐次がつかつかと歩み寄った。

「御門番衆、お断わりになれば、そなた方にお咎《とが》めがござろう。ご家老どのに久留島通嘉様の使いが参ったと告げるだけでよい。そうなされ」

突然姿を見せた小柄な爺侍が御門番衆組頭に命じた。

「なんと言うた。この屋敷をどちらかと取り違えておるか。四の五の申すと叩き伏せても追い返すぞ」

と御門番衆の一人の巨漢が、六尺棒の先で小籐次の胸を突いて居丈高に怒鳴った。

「やってみられよ」

「なにっ」

巨漢は癇性《かんしょう》と見えて、他家の使者の随員をいきなり突き倒そうとした。

小籐次が、六尺棒の先の動きを見定めて摑《つか》み、
ふわり
と体を横に流しながら棒を持つ手を捻《ひね》ると、巨漢の体が宙を舞って、
どたり
と門前に背中から落ちて悶絶《もんぜつ》した。

「なんという所業を」

松野藩の御門番衆がいきり立った。その様子を式台の前から見ていた紋付羽織の家臣が、

「待て待て、待て」

と声を発しながら門に走り寄った。

「橋波様、この者の無礼、許せませぬ」

と御門番衆組頭が橋波に訴えた。

「そなた、この仁を相手に騒ぎを起こすというか。当家は江戸城近くにあるのじ

ゃぞ。明日には城じゅうに騒ぎが知れ渡ろう」

「なあに爺侍の一人や二人、門内に呼び込んで、いささか痛い目に遭わすだけにございます」

「それができたなら、小城藩も臼杵藩も丸亀藩も赤穂藩も、ああまで天下に恥をさらすことなどなかったわ」

「なんとおっしゃいましたな。小城藩ですと」

御門番衆組頭が小籐次の顔をしげしげと見て、

「まさか酔いどれ小籐次では」

「その赤目小籐次どのが随行なされてきた森藩の使者を追い返すというか」

ごくり、と組頭が唾を飲み込んだ。

「よしなにご家老にお取次ぎあれ」

小籐次が何事もなかったように言った。

「赤目どの、仔細《しさい》、近習《きんじゅ》橋波与三次、しかと承った。暫時《ざんじ》お待ち下されと」

と橋波が急ぎ門前から内玄関に走って姿を消した。

半刻後、信州松野藩邸の奥庭に面した座敷に小籐次だけが通されて、すでに四《し》半刻《はんとき》（三十分）ほど待たされていた。森藩久留島家の正式な使者は宮内積雲だが、奥に通されたのは小籐次だけだった。

御用部屋のある玄関付近でざわついた気配がしていたが、それも最前から消えて物音一つしなかった。

庭の梅に鶯《うぐいす》が飛んできて、下手な鳴き声を上げた。まだ幼い鶯か、鳴き方も知らなかった。

上段の間に人の気配がして、若い近習が藩主の佩刀《はいとう》を保持して姿を見せた。

小籐次を襖《ふすま》の陰から窺う者があった。だが、素知らぬ顔で待った。すると、

「殿のお成り！」

の声が響いて、二人の小姓を従えた信州松野藩藩主の松平能登守が姿を見せ、小姓の一人が、

「頭が高うございます」

と小籐次に注意を与えた。最後に姿を見せた老臣が、

「赤目とやら、平伏せぬか。他家を訪ねる礼儀も知らぬか」

と怒鳴った。

だが、小籐次は上段の間の松平能登守の面をじいっと凝視し、松平能登守もま

た小籐次を見返すと、

「天下の酔いどれ小籐次は、やはり予の知る赤目小籐次であったか」

「やはり保雅様でございましたか」

と言い合い、最後に笑い合ったものだ。

老臣も小姓も、この不思議な出会いを息を呑んで見詰めるしかなかった。

「お久しゅうございます」

「われらが最後に別れたのは天明《てんめい》七年（一七八七）四月の品川の騒ぎの折じゃな。となると三十余年の歳月が流れたか」

「それがしが知る保雅様は松平家の妾腹《しょうふく》の三男坊、冷や飯食いの身にございましたな」

小籐次の言葉も飾りなく、その分、懐かしさと親しみに溢《あふ》れていた。

「そなたは厩番の小倅《こせがれ》、予より一歳下の十八であったか」

とこちらも懐旧の表情で応じた松平能登守保雅が小籐次を見た。

「そなたが酔いどれ小籐次であったとは、信じられるようでもあり、そうでもないようでもあり」

「保雅様が六万石の譜代大名の藩主の地位に就かれたとは」

「互いの運命の変転は、天の定めし道であろう」

「保雅様、それがしの旧主久留島通嘉様にそれがしに会える手筈を願われたそうな」

「いかにもさよう。それも半年以上も前のことであったぞ、小籐次」

「三十余年ぶりの再会にござれば、その程度の時は要《い》りましょう」

「ふうっ」

と息を吐いた松平保雅が老臣を振り返り、

「爺、欣也、そのほうらも、赤目小籐次と予の再会の様子は決して他言ならず、よいな」

と念を押した。

はあっ、と爺と呼ばれた老臣鮫島権太夫が低頭して承った。

「予と小籐次の履物を持て」

保雅が小姓の一人に命じ、小姓が上段の間から下がってしばらくすると、顔を伏せた中間が二人の履物を沓脱《くつぬ》ぎ石の上に置いた。

保雅は小籐次と二人だけで話したいのだ。小籐次はこれまで履いたこともない草履《ぞうり》を突っかけ、保雅に従った。

城近くの信州松野藩の上屋敷の敷地は五千六百余坪と、品川の海に面した森藩のそれとあまり変わりはない。だが、屋敷の木組みや普請《ふしん》、造園はまるで違った。譜代大名松平家の庭も名がある庭師が造ったらしく、名石がふんだんに使われており、折しも満開の桜が池に枝を投げて、なんとも風情があった。

「小籐次、そなたの噂はあれこれと耳に入っておる。久留島通嘉どのの恥を雪《すす》ぐためにそなた独りが行った大名四家の襲撃は、江戸城詰めの間で大きな話題になったでな。その者が赤目小籐次なる下士と聞き、予が知る小籐次と確信しつつも、いや、あれほどの大騒ぎをなす者、同名異人ではないかと疑うたりもした。やはり、予が知る小籐次であったわ」

「保雅様、それがしを呼び出して昔話をしようというのでございますか」

保雅が池の端で歩みを止めて、小籐次を振り向いた。

「小籐次、助けてくれぬか」

「そのためにかように参上致しました」

うーむ、と頷いた保雅が、

「どこにもある御家騒動よ。じゃが、倅が相手方の人質になっておるゆえ、予も迂闊《うかつ》に動けぬ」

と前置きし、

「小籐次、そなたが言うたように、三十余年前は妾腹の冷や飯食い、上に異母兄が二人もおったで、どこぞに婿入りするほかなかった」

「先代様の側年寄で御番衆を束ねていた御嶽五郎右衛門《みたけごろうえもん》様がどこぞに保雅様の婿入り先を探してくれるとおっしゃいましたな」

「五郎右衛門は言葉どおり、直参旗本の娘を妻《めあ》わせようとしてくれたこともあった」

「婿に入られましたか」

「いや、その者、すでに二人ほど婿にとって二人ともをいびり出した豪の女と知ったでな、断わった。そうこうするうちに次兄が風邪をこじらせて亡くなり、跡目を継いだ長兄の光芳までが突然身罷った。いや、毒を盛られたのではない。流行《はや》り病を患ってのことだ。じゃが、三十余年前の品川の騒ぎの折に盛られた毒が流行り病と相まって急死したという者もおる」

「それで保雅様に信州松野藩六万石が転がり込んできましたか」

「当初はしめたと思わぬでもなかった。じゃが、藩主もこれでなかなか気苦労の多いものでな。割がよいのかどうか分らぬ」

とぼやいた保雅が、

「小篠次、予が松野藩の藩主の地位に就いたのは今から二十八、九年も前のことぞ。にも拘《かか》わらず、妾腹ゆえ正統な血筋にお戻ししたいというて、徒党を組んだ一派がおるのじゃ。迂闊にも、そのことを知ったのは二、三年前のことでな、予はなんとか藩内を一つに纏《まと》めて内紛の起こらぬようあれこれと手立てを試みたつもりじゃ。じゃが、松野門閥派の面々は予の前では至極ごもっともという顔をしておるが、裏に回って予を藩主の地位から引きずりおろし、予の直系の子には継がせぬ画策をしておってな、ほとほと手を焼いておる」

「保雅様、最前、ご子息を人質にとられておるとおっしゃいましたな。人質にとられたのはどなたにございますな」

「予の嫡子、保典《やすのり》がことじゃ。半年前、松野領内に大水が出て、田地田畑が水に浸かった。予は幕府に申し出て、予の代わりに保典を領内巡察に遣わした。その機会を松野門閥派の面々が巧妙に利用して、藩主の嫡子たる保典を城内の地下蔵に押し込めたとか押し込めぬとか。これらは予の密偵の報告じゃ」

「松野門閥派の首謀者はだれにございますな」

「国家老、小埜《おの》文左衛門じゃ。小埜の下に松野門閥派が百人ほどおって、隠れ門閥派を含めると二百とも三百ともいわれる反保雅派家臣団を形成しているそうな」

「して、保雅様派はどれほどで」

「江戸藩邸の大半は予が正統な藩主であると認め、纏まっておる。じゃが、むろん江戸藩邸の中にも隠れ門閥派は潜んでおり、こちらの動静を逐一、松野城下に急報しているようじゃ」

松野領内を国家老の小埜文左衛門一派が牛耳《ぎゅうじ》り、江戸藩邸は保雅派で纏まっている構図のようだ。

「保雅様、それがしにどうせよとおっしゃいますな」

「保典を救い出してほしいのが第一」

「二番目もございますので」

「門閥派の首魁《しゅかい》国家老の小埜文左衛門と、分家の光豊どのを始末してくれぬか」

「松野藩の内紛が幕府に知れると、門閥派が勝ちを得ようと、保雅様方が現在の体制を守りぬかれようと、お咎めがあるのは必定にございます」

「ゆえに小籐次、幕府には決して知られてはならぬ」

「ですが、かようなことは必ず知られましょう」

「となると、松野藩は家禄《かろく》没収されなくとも半減の沙汰が下ろうな」

「ちと思案が要りますな」

「なんぞ考えがあるか」

「幕閣に、こちらからお知らせなされませ」

「小籐次、なにを馬鹿なことを申しておる。幕府では虎視《こし》眈々《たんたん》と御家取り潰しを図っておられる。なんとしても隠し果《おお》したい」

「保雅様、それがしをお呼びになった以上、それがしのやり方でやらせてもらいとう存じます」

「品川の騒ぎのようにか」

「いかにも」

「策があるか」

「小籐次にお任せ下さいませぬか」

「品川の騒ぎの折は、予は家臣も持たず、六万石松野藩になんの責任も感じなかった。じゃが、今は違う。二千数百の家臣団と十二万余の領民がおる。いくらそなたを信頼しておるとは申せ、不安でならぬわ」

「それがし、老中青山忠裕様といささか曰くがございましてお付き合いさせてもろうております」

「たしかそなたの存じ寄りの北村おりょうなる女性《にょしょう》の主催する歌会に、老中青山様がお顔を出されたのであったな」

「ご存じでしたか。ならば話が早うございます。それがし、老中青山様にいささかの貸しがありまして、その礼に、あの場にお見えになったのでございます」

「赤目小籐次、冷や飯食いが六万石の藩主になったより、そなたのほうが大化けしておるわ。青山様にこの一件をお知らせして、あとで松野藩に差し障りはないか」

「そのようなことがあるならば、それがしと青山様の付き合いなどとっくの昔に霧散しており申す。保雅様、赤目小籐次を信じて下さりませ」

「品川の騒ぎの時のようにじゃな」

首肯《しゅこう》した小籐次が、

「保雅様、松野城下を訪ねる道案内人を一人だけ付けて下され」

しばし沈思した保雅が、

「国許の保雅派に連絡《つなぎ》をつけられる人物で、松野城下で顔がさほど知られておらぬ者か」

「いかにもさようにございます」

「ならば予の近習の古林《ふるばやし》欣也がよかろう」

保雅は用意していた油紙の包みを、

「そなたとはいささか縁のある人物の嫡子に宛てた書状よ」

と渡した。

「承知仕りました。道案内の者と明朝六つ（午前六時）、内藤新宿の追分《おいわけ》で合流しとうございます」

「すぐに動いてくれるか」

「かようなことは先手必勝にございますでな」

小籐次は、江戸藩邸の松野門閥派がすでに神経を尖《とが》らせているはず、と予測しながら答えていた。

四

小籐次は信州松野藩の江戸藩邸の裏門から一人出た。森藩江戸家老の宮内積雲一行は小籐次を残して、すでに元札之辻の屋敷に戻っていた。

江戸の町に宵闇《よいやみ》が訪れていた。

小籐次は呉服橋を渡り、御堀端を一石橋へと足を向け、常盤橋と金座の間を鎌《かま》倉河岸《くらがし》へと歩いていった。

晩春の宵闇だ。鎌倉河岸界隈には人が大勢往来していた。尾行する者がいることを松野藩邸の裏門を出た直後から感じていたが、小籐次は知らぬ振りだ。

(どうしたものか)

こちらの手の内を曝《さら》すこともない、と考えた小籐次の鼻をぷうーんと、なんとも堪らぬ香りが刺激した。辺りを見回すと大店の軒行灯《のきあんどん》が点《とも》り、

「名物白酒豊島屋　下り酒有り〼」

の看板が見えた。

小籐次は酒の香りに吸い寄せられるように豊島屋の暖簾《のれん》を潜った。すると広い土間は名物の田楽をつまみに下り酒を楽しむ人々でほぼ満員だった。

「いらっしゃーい」

と小籐次を迎えた小僧に、

「一人じゃが、飲ませてくれぬか」

と願った。

「ご新規様お一人、台所の出入り口にごあんなーい」

と小僧が味噌田楽の匂いが漂う台所近くの席に案内した。

「お侍さん、できますものは名物の味噌田楽に伏見の下り酒千両、百両、十両にございまーす」

「景気がよいのう。千両、百両、十両の違いはなんだ」

「千両は一升徳利、百両は五合徳利、十両は二合徳利にございます」

「喉が渇いておる。千両の上はないか」

「えっ、万両を呑まれるので。お侍さん、三升ですよ。酒代も下り酒、それも上酒ゆえ二分二朱ですよ」

「頂戴しよう。大杯があらば、それに注《つ》いでもらおう」

小籐次は財布から二分二朱を出すと小僧に渡した。

「本気なんだ。いくら美味い酒だからったって、帰りに足を取られても知らないよ。菜はどうします」

「菜は無用じゃ」

小僧は手の二分二朱と小籐次の顔を見ていたが、酒代をさっと掴むと奥へと駆け込んだ。

小籐次は店の出入り口に羽織袴の侍が三人入ってきたのを目の端に留めた。その三人は女衆《おんなし》に小籐次とはだいぶ離れた席へと案内された。

台所から番頭か、初老の奉公人が顔を見せて、

「万両をお頼みのお客様にございますな」

と揉《も》み手をしながら小籐次の顔をしげしげと見ていたが、

「もしや赤目小籐次様ではございませぬか」

「いかにも赤目小籐次じゃが」

「赤目様には、われら足を向けて寝られませぬ。そなた様が酒の功徳を満天下にあれこれ宣伝して下さいますでな、われらの商い、このように繁盛しております。酒代はお返しします」

と帳場に戻ろうとした。

「番頭どの、それはならぬ。赤目小籐次、ただ酒を飲んだとあっては明日から江戸の町を大きな顔をして歩けぬ。それより番頭どの、いささか頼みがござる。耳を貸してくれぬか」

「へえへえ、この耳でよければどうぞ」

と近づける福耳に小籐次が囁《ささや》き、

「簡単なことにございますよ」

と番頭が請け合ったところに、台所と店の境にぶら下がる縄暖簾が揺れて、

「万両の大杯にございまーす！」

と大声をあげた小僧と女衆の二人が朱塗りの大杯を運んできた。大杯は五升入りか、酒精が杯の七分ほどのところで店の灯りを映してゆらゆらと揺れていた。

「おお、これは堪らぬ香りかな」

小籐次がくんくんと鼻で下り酒の香りを嗅《か》ぐと、客らが万両を注文した小籐次に注目し、

「おい、見ねえ。豪儀じゃねえか。万両の酒を大杯で一気飲みだぜ。あの爺様侍、大丈夫かねえ」

「熊公よ、案ずることはねえ。あのご仁は天下無双の武芸者、酔いどれ小籐次様よ」

「なにっ、御鑓拝借の赤目小籐次様か。先頃も、新春歌会やら三河蔦屋の大旦那の成田山新勝寺詣《もう》ででよ、活躍されたばかりじゃねえか」

「それそれ、そのご仁が豊島屋に飛び込んでこられたんだ。見物だぜ」

「おお、酔いどれ様なら三升そこいらぺろりだろ」

「そうはいうが、相撲取りでも三升はなかなかのものだぜ。いけるかね」

「いけるかいけねえか、賭《か》けるか」

とかしましく騒ぐ中、小僧と女衆が運んできた大杯を前にした小籐次が朱塗りの杯に両手を添えて、

「小僧さん、女衆、わしに呼吸を合わせて杯の端をゆっくりと持ち上げて下されよ」

と命ずると、大顔の真ん中に鎮座する団子鼻を大杯に埋めるように近付けた。そして大きく鼻の穴を開いて酒の香りを楽しみ、酒が揺れ動く杯にゆっくりと口を持っていった。

豊島屋の店の中はいつの間にか静かになり、すべての客が小籐次の一挙一動を注視していた。

「頂戴いたす」

と呟いた小籐次の口が大杯の縁に触れ、最初の一口を喉に流し込むと、喉仏がゆっくりと上下して、ごくりごくりと喉に流れる酒の音が店じゅうに響いた。

小籐次は、酒を楽しみながら大杯の縁にかけた両手を少しずつ持ち上げ、小僧と女衆も呼吸を合わせて、だんだんと大杯の端を上げていった。小籐次の喉は喜

びを表現してか、ちゅうちゅうと大きな音を響かせた。

小僧が、

「おおっ、もう五合と残ってないぜ」

と驚きの声を洩らし、ついに朱塗りの大杯が赤目小籐次の大顔を隠して立てられた。

その宵豊島屋に居合わせた客は一瞬、小籐次の顔が朱塗りの大杯に挿《す》げ替えられたような錯覚を起こした。

小籐次の手がゆっくりと下ろされ、小僧と女衆が言葉も忘れて一緒に下ろした。

すると小籐次の顔は桜色に変わって、

「甘露甘露」

の満足な声が店じゅうに響いた。

わあっ！

と、息を呑んで見ていた客が一斉に立ち上がり、手を叩くやら喝采《かっさい》をするやら喚《わめ》くやらの大騒ぎになった。

「お静かにお静かに」

と豊島屋の番頭が客を制し、ようやく皆が腰を落ち着けた。すると一人の客が、

「おや、酔いどれ小籐次様はどちらにおられるな」

「もはやお帰りにございますよ」

「えっ、三升飲んで帰ったってか。さすがは天下の酔いどれ小籐次様だぜ。今宵はよ、酒仙の芸を見せてもらったな」

「わっしらの酒の飲み方はまだまだ修業が足りぬな」

「小籐次様の足元にも及ばないよ」

と言い合う中、三人の侍が慌てて豊島屋の表に飛び出そうとして、

「お客さん、酒代がまだですよ」

と男衆に制止され、中の一人がそそくさと財布を出して放り投げた。


四半刻後、小籐次の姿は、筋違《すじかい》御門にある丹波《たんば》篠山《ささやま》藩、老中青山忠裕の江戸藩邸の門前にあった。むろん大扉は閉じられていた。

小籐次は通用口に訪いを告げながら、本日三軒目の大名屋敷訪問じゃな、なんとも妙な日じゃと考えた。

「どうれ」

と門番の声がして、ぎいっと通用口が開き、青山家御紋入りの提灯《ちょうちん》が突き出さ

れ、訪問者の身許を調べる様子があったが、

「赤目小籐次様じゃな」

と近頃では小籐次の顔を見覚えた門番が言った。

「いかにも赤目小籐次にござる。御女中のおしんどのに面会致したい」

「中に入られよ」

敷地の中に招じられた小籐次は、内玄関の供待ち部屋で待たされた。

だが、すぐにおしんと中田新八の二人が姿を見せた。

奏者番《そうじゃばん》、大坂城代、京都所司代と幕府の要職を務め、文化元年（一八〇四）の正月二十三日の老中補職より天保《てんぽう》六年（一八三五）五月六日の致仕まで老中職として在府すること三十一年余、国許の丹波篠山に一度も帰らず御用を務める青山忠裕を陰で支えたのが、女密偵おしんと中田新八だ。

小籐次とはこれまで協力し合い、未然に騒ぎを防いだり、事を収めてきたりした仲だ。早速に御用部屋に通された。

「おや、赤目小籐次様がかような刻限にお見えになるとは、私を誘惑に参られたのかしら」

「おしんさん、おりょう様一筋の赤目様がさようなことを考えられるものか」

と二人が言い合い、小籐次の顔を見た。

「いささか急じゃが、手伝いを願いたい」

「赤目様からかような言葉は珍しゅうございますよ。赤目様、事情をお話し下さいませ」

とおしんが言うのへ、三升の酒に陶然とした小籐次が、本日旧主の久留島通嘉に会って願われた話から、信州松野藩藩主の松平保雅に三十余年ぶりに再会した経緯《いきさつ》を語り聞かせた。

「譜代の信州松野藩の御家騒動にございますか。それにしても、ただ今の藩主松平保雅様と赤目様が若い日にご縁があったとは、夢にも考えられないことです」

「おしんさん、それがしにも十七、八のころはあったということよ。放埒《ほうらつ》な時代の放埒な遊び仲間が六万石の殿様におなりとは、いささか驚きを禁じえなかったぞ」

「松野の殿様は、天下を騒がす酔いどれ小籐次が若き日の遊び仲間と気付いておられましたか」

と中田新八が訊いた。

「赤目小籐次などという名はそうざらにあるものでもあるまい。風聞に接するたびに、ひょっとしたらと思う気持ちと、まさかそのようなことはあるまいと疑う気持ちが半々であったようじゃ」

「大変な縁にございますな」

と応ずるおしんに、

「松平保雅様の城中での評判はいかがなものか」

小籐次が訊いた。

「私が知る松平の殿様は清廉潔白、篤実なお人柄で、江戸藩邸でもご領地でも慕われているそうにございますよ」

とおしんが朋輩の新八を見た。

「城中の評判も悪くございません。これまで幕府の要職に就いておられぬのは城中の七不思議の一つといわれております。それは保雅様が出世欲の薄いお方で、藩政に熱心であったことに由来しましょう。赤目様、保雅様が承知の話以上のものが松野城下には待ち受けておりますよ」

「手伝うてくれるか」

「これから出かけられますか」

「おしんさん、いくら裏長屋住まいとは申せ、子もおるでな。一旦《いったん》長屋に戻り、明朝出立《しゅったつ》致す。六つの刻限、保雅様の近習古林欣也どのと内藤新宿の追分で会うことになっておる」

「われらは一、二日遅れで江戸を発《た》ちます。松野藩の江戸藩邸の内情を探って信濃路《しなのじ》に向うことになりそうです」

「そなたらが独自に動くのはいつものこと、大いに心強い」

「赤目様、甲州路《こうしゅうじ》か松野城下でお会いしましょう。赤目様はきっと松野城下がお気に召します。名代の酒処ですからね」

と松野城下を承知の様子のおしんが笑い、小籐次が辞去のために立ち上がった。


小籐次は四つ（午後十時）過ぎに大戸が閉じられた久慈屋を横目に芝口橋を渡り、芝口新町の新兵衛長屋に向っていた。

（よからぬことを考える人間どもは、だれもが同じことをするものよ）

と思いつつ、わずかに足を緩めた。それにしてもわが長屋はさほど有名か、あれこれとようも押しかけてきよるわ、とも考えた。

小籐次の足が止まった。

闇がかすかに揺れたが姿を現さない。

「いささかくたびれておる。用があるならば早く致せ」

小籐次が闇に催促すると、蔵地の間からにゅうと数人の影が姿を見せた。

小籐次はその中の三人が豊島屋の客だったことを認めていた。

「それがしが何者か承知での掛け合いか」

「赤目小籐次、他家の諍《いさか》いに首を突っ込むでない」

恰幅《かっぷく》のいい武家が小籐次に言った。顔を頭巾《ずきん》で覆っていた。

「そなた、面体《めんてい》を隠さぬとものも言えぬか」

「酔いどれが何用あって、わが殿と面談いたした」

「心配か。それがしと保雅様は若き日にいささか因縁があってのう、品川宿界隈で悪さをして回った仲間よ」

「なに、殿とそのほうが知り合いじゃと」

思いがけないことを聞かされたという驚きが頭巾の返答には込められていた。

「信じぬか」

「そのほう、森藩久留島家下屋敷の厩番じゃったそうな」

「ほう、半日でようも調べたものよ。いかにも給金三両一人扶持の下士であった。

その折、そなたらの殿様も部屋住みの身でな、松平の若様が頭分で大和小路若衆組なる徒党を組んでおったが、なあに里の人はわれらのことを品川村腹っぺらし組と呼んでおったわ」

「妾腹《めかけばら》め、そのような不逞《ふてい》の集団を組織し、頭分に収まっておったか。信州松野藩としては、なんとも恥ずべき過去ではないか」

「待った、勘違いするでないぞ。いかにも三十余年前、われら、いささか背伸びして徒党を組んではいたが、土地の人間を泣かせたり、迷惑をかけたりした覚えはない。それどころか、天明七年四月、品川宿で起こった大騒ぎをおぬしらが調べるならば、松平の若様を頭分にしたわれらが、異国に売り払われようとした娘らを助けた事実を知ることになろう。松平の若様は、昔も今もお変わりないわ。これは、妾腹とか血筋とかいうものではない。人間の本性、品格の問題よ」

「厩番が譜代大名の家臣に説教を垂れるか」

「ほれ、みよ。おぬし、高みからものを言うておろう。そういうそなたらの考えこそ、殿様がいちばん嫌われることぞ。覚えておけ」

「赤目、警告致す。わが松野藩六万石の諍いに首を突っ込むでない」

「保雅様は昔馴染《むかしなじ》みよ、頼みごとをされて断わるわけにもいくまい」

「酔いどれ小籐次、節介をいたす気か」

豊島屋に姿を見せた三人の一人が刀の柄《つか》に手をかけ、小籐次の前に出てきた。

「酒生《さこう》、早まるな。相手は酔いどれ小籐次、斃《たお》すときは衆を頼んで一気にいく。それが池谷様の命ぞ」

「いや、おいぼれ爺を世間はいささか過大に見ておる。おれがやる、見ておれ」

酒生と呼ばれた若侍が草履の底を地べたに擦《こす》り付け、刀を引き抜いた。

小籐次と酒生の間にはまだ三間余の空間があった。森藩下屋敷から借り受けた継裃を汚してもならぬなと考えながら、髷に差し込んだ竹とんぼを抜き取った。

酒生が、抜いた剣を正眼《せいがん》においた。なかなか腰が据わった構えだった。

「抜け、酔いどれ」

「酒生とやら、そなたとわしでは修羅場を潜った数が年の差以上に違う。止《や》めておけ」

「おのれ、抜かねば斬るぞ」

「やってみよ」

と応じた小籐次の手の竹とんぼが、親指と中指と人差し指を使って捻られ、虚空に放たれた。小さな飛行体はいったん高度を下げて地面すれすれに下りた。

「見ておれ」

と酒生某《なにがし》が正眼の剣を引きつけ、一気に踏み込むと、不動の小籐次を襲った。

その瞬間、地面近くにあった竹とんぼが、
くいっ
と高度を上げて、踏み込んできた酒生の顔面を下から上に掠《かす》め、鋭利に尖った竹の薄刃が、
すぱっ
と酒生の左目を切り裂いた。

ぎえええっ！

と思いがけない強襲に、酒生が足をもつらせて前のめりに倒れ込んだ。

「おのれ」

と朋輩が刀の柄に手をかけた。

「急ぎ医者に連れていかぬと、片目が使いものにならなくなろうぞ」

小籐次の言葉に頭巾の武家が、

「酒生を伴い、退《ひ》け」

と命じた。

小籐次は茫然《ぼうぜん》と立ちすくむ松野藩士の傍らを抜けて新兵衛長屋に向った。

第二章　信州御用旅

一

長屋の木戸を潜る前から、版木を鑿《のみ》が削る音がしていることに小籐次は気付いていた。

勝五郎が夜鍋《よなべ》仕事にありついた証しだった。

小籐次はちらりと新兵衛長屋の桂三郎とお麻の家を見た。こちらは寝静まっていた。

桂三郎は勝五郎と同じ居職《いじょく》の錺《かざり》職人だが、滅多に徹夜仕事をすることはない。高価な簪《かんざし》などを、それなりの日数をかけて一つずつ造りあげる仕事だ。細かい技が要求される手仕事は日中の光の中で行われた。ために桂三郎の仕事の時間は、光のある六つ半（午前七時）から七つ（午後四時）と決まっていた。

小籐次が気にしたのは、お麻のところに預けっ放しにしている駿太郎のことだ。

静かに木戸を潜り、どぶ板の音を立てないように勝五郎の長屋の前で足を止めた。

「勝五郎どの」

「酔いどれ様のご帰還かえ。入りねえ」

と声がして、勝五郎が戸を開けるとくんくんと鼻を鳴らして酒の匂いを調べた。

「おや、酒を飲んだわけではないのか」

鎌倉河岸の豊島屋で飲んだ三升の酒はすでに覚めていた。それでも勝五郎は疑っていた。

「酒を飲んでおるようなおらぬような」

勝五郎が仕事をしているのは、九尺二間の部屋の、竈《かまど》がある板の間だ。裏長屋では調理の場であり、団欒の場であり、仕事場でもあった。奥の四畳半ではおきみと一人息子の保吉が一つ布団に包《くる》まって眠りに就いていた。

「勝五郎どの、頼みがある」

小籐次は潜めた声で言った。

「信州まで御用旅に出ようって話だな」

「おや、承知か」

「今里村の森藩下屋敷から用人さんが見えてよ、届けものをしていったぜ。その折、赤目小籐次はしばらく江戸を留守にいたすってよ、まるで家来を使いに出すような口調でよ、言い残していったんだ」

「ほう、気が利くな。藩では路銀を届けてこられたか」

「そんなことは言ってなかったよ。貸し与えた継裃は大事な下屋敷の備品ゆえ長屋に残しておくようにってさ」

「なに、このよれよれの継裃の催促に高堂用人は見えられたか」

「その代わり、旦那の破れ笠とふだん着が部屋に放り込まれているぜ」

「他人に用を命じておいて路銀もなしか。町方の人情とえらい違いじゃな」

「それがお侍の暮らしよ。人情なんて、そんなものあるものか。貧すれば鈍するのがこの世の中だ」

「違いない。お麻さんに願うてくれぬか。駿太郎を頼むとな」

「そいつは心配ないよ。用人さんが来たことは、お麻さんにも久慈屋にも知らせてあらあ。大番頭さんがよ、赤目様のことだ、旧藩の頼みは断わりきれなかったとみえる。それにしても豊後森への旅に非ず、信州松野への旅とはこれいかにって、首を捻ってたぜ」

「あれこれと気遣いをさせておるな。昌右衛門どのをはじめ、皆の衆によろしくと頼んでもらいたい」

「駿ちゃんのことなら心配いらないよ、酔いどれ様」

と布団の中からおきみの声がした。

「すまぬ、起こしてしまったようだな」

「どうせ明日は早発ちだろ。旦那も少しでも体を休めておきなよ」

とおきみは言うと、ふああ、と欠伸《あくび》を一つしてすぐに鼾《いびき》が聞こえてきた。

「十七、八のおきみは可愛げもあったがよ、二十年もたつとこれだ。亭主の前でげっぷはする、屁はこく、大鼾で寝入る。色気もなにもあったもんじゃねえぜ」

と言う勝五郎のぼやきを聞きながら、小籐次は削りかすに行灯の火を移させてもらって、

「精々気張りなされ」

と勝五郎の部屋を出ると、小さな火を手で囲い、隣の腰高障子を押し開けた。

火を、上がり框に置いていた行灯に移し替えた。すると破れ笠の下に小籐次のふ

だん着が置かれていた。どうやら高堂用人は文を残していったようだ。破れ笠の下から白いものが見えていた。

小籐次はまず腰から次直《つぐなお》を鞘《さや》ごと抜くと板の間に上がり、壁に刀を立て掛け、さらに脇差《わきざし》をその傍らに置いた。半日着ていた継裃を脱ぎ、丁寧に畳んだ。高堂用人から届けられた襟の辺りに刺し子のように針が入った袷《あわせ》を着て裁っ付け袴を穿《は》いた。

小籐次が造った隠し戸棚の壁板をずらすと、差し料の孫六兼元《まごろくかねもと》と五両ばかりの貯えがあった。五両でなんとか松野藩の御用にけりを付けたいものだ、と小籐次は考えながら、高堂用人の書状の封を披《ひら》いた。

「取り急ぎ認《したた》め候。殿の御用相務めるとの事、赤目小籐次未だわが殿と藩にいささかなりとも忠義心を残しておる証《あかし》、感心致し候。殿の御用を見事果たせた暁には、この高堂伍平、上屋敷に願い、そなたの藩への再度の仕官を願う所存ゆえ、しっかりと御用果たすべくそれがしからも願い上げ候」

とあった。

豊後森藩の厩番に改めて奉公など考えてもおらぬのに、用人どのは親切なのか世間を知らぬのか、小籐次は呆れ果て、

（かような場合には、なにをさしおいても費《つい》え）を届けるのが世間の常識だが、内職に精を出す下屋敷に願うべくもない。だが、せめて上屋敷の江戸家老宮内積雲らにその気持ちの欠片《かけら》もないのか。

勝五郎が言うように武家社会は、

「貧した結果、鈍した」

のであろうと考えたり、

「ない袖《そで》は振れぬ道理」

と思い直したりした。

小籐次はしばし考え、北村おりょうに書状を書き残し、江戸を留守にする事情と経緯を知らせることにした。この文を認めるのに半刻以上も刻を費やした。

いつの間にか勝五郎の鑿の音は止まっていた。仕事をし終えたのか。

小籐次は道中嚢《どうちゆうぶくろ》に四両と手拭《てぬぐ》い、下帯、小刀などを包み込み、縞《しま》の紙入れには一分金と二朱銀と銭を混ぜて一両ほどを入れ、懐に仕舞った。

次いで、足袋《たび》問屋京屋喜平の職人頭の円太郎が小籐次のために拵えてくれた革底の足袋を履いた。

内藤新宿の追分で古林欣也と会う約束の刻限は六つだ。いささか早いが出かけようかと思ったところへ、勝五郎が厠にでも行くのか、顔を覗かせた。

「寝ないで出かけるのかえ」

「これで寝入ったら出立が遅れそうじゃ。今晩たっぷり眠ることにいたそう」

「他人のためによ、手弁当で働くのもつらいな」

「致し方あるまい。それより勝五郎どの、この文を望外川荘《ぼうがいせんそう》に届けてもらえぬか」

「あいよ。おれがさ、おりょう様のご機嫌伺いがてら、直《じか》に届けるぜ」

「相すまぬ」

小籐次は認めたばかりの書状を勝五郎に渡すと、破れ笠に造りおきの竹とんぼを二つ差し込んだ。破れ笠をかぶり、脇差を腰に差し、次直を手に上がり框に腰を下ろすと草鞋《わらじ》を履いた。最後に着古した道中羽織を着込んで、旅仕度はなった。

「出かけるかえ」

「駿太郎を頼む」

「それにおりょう様もだろ」

にたりと笑った小籐次が次直を手に敷居を跨《また》いだ。その背後で勝五郎が行灯の火を吹き消し、

「道中、気をつけてな」

と送り出した。

小籐次は木戸を出るときに駿太郎のことを思ったが、芝口新町の河岸道に出ると、内藤新宿を目指すことだけを考えて足を速めた。


小籐次が五街道の一つ甲州道中の起点日本橋から二里余の手前、四谷大木戸跡に差し掛かったとき、まだ夜は明けていなかった。

古林欣也との約束の刻限には一刻（二時間）近くあった。内藤新宿の旅籠《はたご》の中には、早発ちの客のためにすでに起きているところもあった。まず追分まで行き、近くの旅籠で朝餉を頼んでみようかと考えた。

大木戸の跡に造られた石垣が見えてきた。七つ（午前四時）の刻限は過ぎていたので、ちらほら旅人が大木戸跡を抜けて内藤新宿に向っていく。

この大木戸は江戸城下の治安維持のために元和《げんな》二年（一六一六）に設けられ、往来する旅人や荷改めを行っていたが、それも寛政《かんせい》四年（一七九二）に廃止されていた。

小籐次が甲州道中と青梅《おうめ》街道の分岐、追分に差し掛かったとき、まだ空は暗かった。むろん三俣に人影はない。

（さてどこかの旅籠に朝餉を願うか）

と小籐次が足を緩めたとき、追分に旅仕度の影が姿を見せた。

どうやら古林欣也も約束の刻限より早く内藤新宿に来たようだと、小籐次が再び足を速めたとき、五、六人の影が現れて一つの影を囲んだ。

「古林欣也、だれの命《めい》で国許に旅立つ」

と囲んだ影の一人が尋ねた。

「関根半六様、そなたのお役目は部屋番にございましたな。かような刻限、朋輩を伴い、内藤新宿におられるとはどういうことにございますな」

古林欣也は落ち着いた声音で応対した。おそらく小籐次の姿を認めてのことだろう。さすがは藩主の近くに仕える近習だけのことはある。肝が据わっていると感心しながら小籐次は、囲んだ影の背後で足を止めた。

「欣也、密書を渡せ」

「密書とはなんでございますな」

「知れたこと。城下の仲間に届ける殿の書状よ」

「それがしが殿の書状を持参しておると、なぜ思われますな」

「昨日、殿は酔いどれ小籐次とか申す爺侍を江戸藩邸に引き入れ、極秘に何事か頼まれた様子。そのことを欣也、そなたは松野城下に伝えに行く役を命じられたのであろうが。われら、殿近くに監視の目をおいておるで、そなたらの行動はすべて知れておるわ」

関根半六が威張った。

「関根様、それがしが殿の書状を持参しているとしましょう」

「ほれ、見よ。持参しておるではないか」

「いえ、持参しておるとしましょう、と仮りの話をしただけです。お手前方は藩主たるお方の書状を奪う行いがいかに不忠か、お分りにならぬのですか」

欣也の舌鋒は鋭かった。

「保雅様はわれらが藩主ではないわ。妾腹じゃ」

「妾腹の血筋であろうとなかろうと、殿は二十九年前より信州松野藩六万石の藩主として幕府が認め、領民に慕われ、家臣も敬服しておられるお方にございます。この歳月、殿は松野城下で興産に努められ、質素倹約を旨として、借財だらけの藩財政を好転なされた、松野藩中興の祖にございますぞ」

「言うな、妾腹の稚児めが。節約倹約と同じ掛け声ばかりで城下の商いは疲弊し、城下に活気がなくなっておるわ」

「関根様、お手前、だれの命でそれがしの御用を妨げようとなされますな」

「だれの命でもないわ。われら、譜代大名信州松野藩松平家の血筋を正すために立ち上がった忠義の士じゃ」

「どなたに出世を、俸給を約されましたな」

「もはや問答無用」

関根半六が刀の柄に手をかけた。

長々とした問答は小籐次に聞かせるものであったかと、小籐次は会話の半ばから察していた。

「欣也、最後に命ずる。殿の書状を差し出せ。命だけは助けてやる」

「嫌とお断わりいたさば、どうなりますな。三枝《さえぐさ》派一刀流にものを言わせますか」

「欣也、おぬし、外多《とだ》流をかじったそうだな。試そうか」

鞘から関根半六が剣を抜いた。

「関根半六とやら、そなたの相手はこのわしじゃ」

と小籐次が声をかけた。

ぎくっ
として六人が慌てて後ろを振り返った。

「何奴か」

「それも知らいで、それがしの名を口にしおるか」

「赤目小籐次か」

「いかにもさよう」

「よし、その皺首《しわくび》もらった」

関根半六が切っ先を小籐次に向けてきた。

仲間も関根に従った。だが、腰付きや刀の構えからおよその腕前は察せられた。

「愚か者にもほどがある。甲州道中と青梅街道が分れる追分の、人の目もある往来で刀を振り回す気か。藩に迷惑がかかると思わぬか」

「われら、松野藩改革派。正義のために振るう剣じゃ。躊躇《ためら》いはない」

「呆れてものが言えぬわ」

小籐次は次直を抜くと峰に返した。

「おのれ、馬鹿にしおって」

長身の関根半六は大刀を上段に振りかざすと、小柄な小籐次を押し潰す勢いで踏み込んで振り下ろしてきた。

小籐次は動きを見定めて、そよりと間合いに入り込み、次直の峰で関根半六の腹部をしたたかに叩いた。

うっ

と息を詰まらせた関根が硬直したように竦《すく》み、くたくたとその場に崩れ落ちた。

「口ほどにもないわ」

小籐次が関根の仲間を睨《にら》んだ、それだけで五人の動きが止まった。

「関根半六を連れて江戸藩邸に戻れ。われら、春の甲州道中を楽しみながら、松野城下に向うで、なんぞ用事があればこの街道を参れ。逃げも隠れもせぬ」

小籐次が今一度ひと睨みすると五人は慌てて鞘に刀を仕舞い、気を失った関根半六を引きずるようにして、四谷大木戸のほうに逃げていった。

「助かりました」

「そなた、若いが肚が据わっておるのう。さすがは保雅様が道案内にと推挙されただけのことはある」

「殿がこたびの一件を赤目様に願われたことの仔細がよう分りました」

と欣也が言った。

「欣也どの、信州松野城下への案内《あない》を願おうか」

「承知仕りました」

と答えた欣也が追分を左にとって歩きながら、

「なにやらこたびの道中が楽しみになりました」

「こちらは旧主久留島通嘉様からの頼みとあっては嫌とも言えず、致し方なき道中よ」

「申されますな。それがしは殿と赤目様の三十余年ぶりの再会の場に立ち会うて、お二人が羨ましゅうなりました」

小籐次は欣也の横顔をちらりと見た。育ちのよさそうな端整な顔立ちだった。そして、顔同様に心根も忠義心に厚く、正義心に溢れているのだろう。

「なにが羨ましいじゃ。こちらはその日暮らしの研ぎ屋爺にござるぞ。いきなり昔馴染みと呼び出されては迷惑至極じゃ」

「赤目様、駿太郎どのとおっしゃる幼子を育てておられるとか」

小籐次は歩きながら欣也を見た。どうやら小籐次の身辺を探った様子があった。

「保雅様の命で調べたか」

「いえ、それがしの一存にございます」

「なに、そなたの一存じゃと。どういうことか」

「今からどれほど前のことにございましょうか。殿が独りごとを呟かれたのを耳に留めました」

「……」

「酔いどれ小籐次とは予の知る赤目小籐次であろうか、と呟かれました。その言葉には、赤目小籐次様を懐かしむ気持ちが溢れておりました。そのひと月後、嫡子保典様が国許にて門閥派に幽閉された知らせにそれがし、赤目小籐次様のことを探り始めたのでございます」

「どうやらそれがしに会えと保雅様に進言したは、おぬしのようじゃな」

「と思われますか」

「こうして二人で旅をしておるのだ。もはやどうでもよいことじゃ」

と小籐次が応じると、

「お二人の再会は果たされたのでございます。これからは嫡子保典様の身柄救出を専一にお考え下され。それがしからもお願い申します」

と甲州道中の真ん中で足を止めた欣也が願い、小籐次に深々と頭を下げた。

二

内藤新宿から高井戸宿までおよそ二里（七・九キロ）、高井戸宿から布田《ふだ》宿まで一里二十五丁（六・七キロ）、小籐次と欣也は黙々と歩いてきた。

府中宿の六所明神大國魂神社《ろくしょみょうじんおおくにたまじんじゃ》前に二人が差し掛かったのは昼前のことだ。藩主松平保雅に仕える近習はなかなかの健脚だった。

「そなた、足腰がしっかりと鍛えられておるな」

「それがし、松野城下に生まれ育ち、十五で江戸藩邸の奉公に上がるまで城下の山野を駆け回っておりましたゆえ丈夫にございます。時に馬に乗り、三才山《みさやま》峠や鹿教湯《かけゆ》まで遠乗りすることもございました」

「馬に乗るか」

「赤目様も馬には詳しゅうございましょう」

「厩番ゆえ、厩で育ったようなものじゃ」

と答えた小籐次は六所大明神の鳥居前で足を止め、一礼した。すると欣也も倣った。歩き出しながら小籐次が訊いた。

「空きました。ですが、時に空腹も清々《すがすが》しゅうてなかなかよいものです」

「そなた、お婆様《ばば》に育てられたか」

「赤目様、それがし、六歳の折母上が亡くなり、お婆様の手で育てられました。ようお分りですね」

「なんとのう、そなたの言動にそのような陰が見える。わしも母を早くに亡くした」

「十八のわりには爺むさいと朋輩に言われます」

「若いわりには落ち着いておるでな、そう思えるのであろう。じゃが、悪くはない。お婆様に必ずや感謝するときがこよう。お婆様は健在か」

「いえ、それがしが江戸に出る前に身罷りました」

「それがしはそなたほど育ちがよくないでな、そなたの歳には親父の目を盗んでは品川宿で悪さをしておった。もっとも、大名家の三男坊がわれらの頭分だ、育ちは関わりないのかもしれぬ。そなたより手に負えぬ十八であったことは確かよ」

「殿もまた放埒な時代を過ごされておられましたか」

「おう、なんぞ胸の中に鬱々としたものを抱いておられたのであろう。ためにわれらと付き合う真似などなされた。だが、芯から腐った十九歳ではなかったぞ。あのころの経験をただ今生かしておられる。か弱き者の心を察せられるゆえ、信州松野藩六万石の藩主として善政を施しておられる」

「いかにもさよう心得ます。品川の騒ぎとはどのような騒動にございますか。殿や赤目様はどのようなお役を果たされたのでございますか」

「いつの日か、保雅様に尋ねてみよ」

「お話し下さいましょうか」

「そなたなら話して下さろう。あの折、御番衆を束ねてこられた御嶽五郎右衛門様の助けがなければ、騒ぎが松野藩を揺るがしたであろう」

「赤目様は御嶽様をご存じにございますか」

欣也の声に驚きがあった。

「一度だけお目にかかった。ご健在かのう」

「十年ほど前に亡くなられました。殿が部屋住みの身から藩主の地位に就かれた背後には、御嶽様の強いご助言があってのことと聞かされております」

と答えた欣也が、

「その折も、松野藩門閥派は殿ではなく分家から藩主を立てようとなされたとか。そのとき、御嶽五郎右衛門様が、当家には側室ながら先代の血筋の三男がおられる。それを分家から立てようなどという戯《たわ》けたことがあろうかと一蹴なされたそうな」

「そうか、門閥派の横槍《よこやり》は今に始まったことではないのか」

「ございません」

「門閥派の不満はなんじゃ」

「一つには、譜代松平家でありながら、幕府の要職にもお就きにならず、江戸城中で松野藩の力芳しからずという不満にございますそうな。殿は偏《ひとえ》に猟官《りょうかん》がお嫌いで、内政に励んでこられたゆえにございます。ために松野藩は数々の飢饉《ききん》や大水でもびくともせずに乗り切ってこられたのです。ところが門閥派の中には、清い水では住みにくいと高言して憚《はばか》らぬお方もございます」

「国家老どのか」

「赤目様のお目でお確かめ下され」

「それがし、保雅様から願われたのは嫡子の救出だけじゃ。藩政になど関わりともない」

「殿をお助けになりたくば、江戸藩邸派と松野門閥派を見極めねばなりますまい。となると嫌でも藩政を見ることになります」

と欣也が言い切った。

二人は急ぎ足で日野の渡し場へと向った。

八つ（午後二時）の刻限、小籐次と欣也は渡し船に乗っていた。

多摩川は先日来、水源の秩父山地笠取山《かさとりやま》付近に降った雨のために増水していた。

だが、もはや濁った水ではなく、川底が透けて見えるほど澄み切っていた。

突然、赤ん坊の泣き声がした。近くの農家の嫁か、女が抱く赤子がむずかって泣いたのだ。母親は十七、八の整った顔立ちだった。

「うるさい、黙らせよ」

三人連れの侍の一人が喚いた。昼から酒に酔いくらう手合いだ。街道を稼ぎの場にしているような不逞の浪人だった。

「すみません、腹を空かせたようです」

と若い嫁が三人に詫《わ》びて、

「よしよし、向こう岸に着いたら乳を上げますよ」

とやや子を宥《なだ》めた。だが、いったんむずかり始めた赤子はなかなか泣き止みそうにない。

「泣かすでない」

片手に酒器を持った浪人が若い嫁の背に怒鳴った。

「乳をやりたくばさっさとやれ。おお、そうじゃ、われらが前で乳をやってもよいぞ」

と朋輩が悪乗りし、

「それがよい。われらが見聞してくれん。ほれ、襟を開いて乳をやれ」

と嗾《けしか》けた。

困った嫁は三人に背を向け、赤子に乳をやるかどうか迷っていた。

「さっさとやらぬか。泣き止まんぞ」

三人目が悪ふざけに加わった。いや、悪ふざけではなく本気で要求していた。

「お侍さん方、もう少しで日野宿の渡し場だ。もちっと辛抱して下せえよ」

と見るに見かねた船頭が三人を窘《たしな》めた。

「船頭、要らざる口を利くとこの船をひっくり返すぞ」

「昼間から酒に酔うては因縁をつけて、銭を脅しとろうという魂胆かえ。近ごろ、徒党を組んだ浪人が甲州道中のあちらこちらで強請《ゆすり》たかりを繰り返していると宿役人が言うておったが、まさかおまえ様方じゃあるまいな」

「ほう、船頭、われらを甲州悪鬼組と承知で口をはさんだか。許せぬな」

「なに、甲州悪鬼組だと、まさか図星とは」

船頭は困ったことになったという表情を見せた。

渡し船は流れの半分を越えた辺りを進んでいた。流れが一番速く水深もあった。

「よし、甲州悪鬼組がいささか芸を披露しようかのう」

一人がいきなり立ち上がると、渡し船を大きく揺り始めた。

「浪人さん、流れが速いんだ、船がひっくり返るよ、止めてくれ」

険しい声で船頭が喚き、客が騒いだ。

乗合船の舳先《へさき》付近に座を占めていた小籐次の傍らから欣也が腰を浮かせた。

「ここは任せておけ」

と小籐次は制すると、船底に積んであった棹《さお》を摑んだ。助《すけ》船頭が使う棹であろう。七尺ほどの長さがあったが、小籐次が座したまま、船を揺する浪人者の腰を船の外に向って、
ぽーん
と突くと、虚空に体が浮いて流れに落ちた。

「だれじゃ、かような真似をしたのは」

残った仲間の一人が立ち上がり、一人は片膝を突いて剣を手にして小籐次を睨んだ。

「爺、われらが仲間を水中に突き落としたな。その代償、高くつこうぞ」

「酔いを醒《さ》ますにはちょうどよかろう。ほれ、岸辺に流れついて、命が助かったのをよしと致せ」

と小籐次は、葦《よし》の岸辺に押し流された浪人を見た。

「ぬかしたな。爺、その場を動くでない。叩き斬ってくれん」

立ち上がっていた浪人が喚くと白刃を抜いた。

わあっ！

と船中のあちらこちらで悲鳴が上がった。

「乗合の衆、座っておりなされ。ただ今、渡し船の掃除をしますでな」

と小籐次が座したまま棹を相手の胸に向けた。

「新谷、早くやらぬか」

もう一人の頭分が命じた。

だんだんと日野宿の渡し場が近づいてきた。騒ぎを船中で収めるつもりか。

「どけどけどけ」

何人かの乗合客を蹴散《けち》らすように新谷某が小籐次に迫り、再び小籐次の棹が一閃《いっせん》すると二人目が流れに落ちて、三人目が中腰に立ち上がった。すると小籐次の棹が転じ、鬢《びん》を叩いて三人目も船中から水面に落とした。

一瞬の棹突き、早業だった。

おおっ
というどよめきが乗合客から起こった。

「お侍さん、助かったぜ」

と船頭がほっとした声で礼を述べた。

「なあに造作もなきことよ」

「それにしても棹遣いがうめえな」

「死んだ親父から棹突きの技を教え込まれた。わが先祖はその昔、船に乗り組んだ来島《くるしま》水軍でな、棹遣いも技の一つよ」

「待てよ、どこぞでその流儀聞いたことがあるな。まさか、おまえ様は小金井橋十三人斬りの酔いどれ小籐次様ではあるまいな」

日野の渡し場は小金井に近かった。

「ほう、わが名を承知か」

「あやつら、酔いどれ小籐次様が乗り合わせていたのが不運だったな」

と船頭が笑った。

「水遊びにはいささか時節が早かろう。気の毒であったな」

「なんの、頭を冷やすにはちょうどいいよ、酔いどれ様。だがな、甲州道中にはあやつらの仲間がいるからな、気をつけて旅をしなされよ」

と船頭が忠言したとき、舳先がとーんと岸辺にあたって、渡し船は日野宿側の船着場に到着した。

小籐次は棹を船底に戻すと、

「欣也どの、参ろうか」

と渡し船から河原に飛び下りた。

赤子を抱いた若い嫁が小籐次に礼でも述べる気か、声をかけようとしたが、すでに二人は土手道へと歩いていた。

「赤目様、小仏《こぼとけ》峠を今夜じゅうに越えますか」

「今日は朝餉、昼餉ぬきで旅してきたで、いささか腹も空きすぎた。日野宿に泊まろうか」

小籐次は徹夜をしていたし、欣也とて江戸から日野宿まで旅人がこなす一日の旅程を十分歩いていた。

「それがようございます」

欣也は夜の道中も覚悟していたか、安堵した様子を見せた。

渡し場から日野宿まではわずかの間だ。宿の入口には、

「東の地蔵」

が安置されていた。これと同じような野仏が西の外れにも佇《たたず》んで、

「西の地蔵」

と呼ばれ、街道と宿場の安全を見守っていた。

小籐次らは八つ半（午後三時）過ぎに宿場の中ほどに差し掛かり、欣也が一軒の古びた旅籠、武蔵七屋に小籐次を案内した。

「松野藩の御用達か」

「松野藩の参勤道中は中仙道を使います。されど冬場の往来には甲州道中を使うこともあります。その折、この旅籠の世話になります」

と小籐次に説明した欣也が、

「許せ、一夜の宿を願う。信州松野藩の者じゃ」

と女衆に鷹揚《おうよう》に声をかけた。

「お早いお着きでございますな、お侍様。ただ今ならばよい部屋がございますよ。ただ今濯《すす》ぎ水を持ってきますでな」

欣也の顔を満面の笑みで見ながら話しかけた。年増《としま》の女中の顔には端整な欣也の容子《ようす》に上気した表情があった。次いで、小籐次を見ると、

「そちらの連れの爺様よ、濯ぎを持ってくるのは邪魔っけだから、おめえ様は裏の流れで足を洗うかね。それが気楽でよかろう」

と宣《のたも》うたものだ。

「裏の流れとな。それはそれで気持ちよさそうじゃな」

小籐次が三和土《たたき》廊下を抜けて裏口に行こうとすると欣也が、

「赤目様、それがしもお付き合い致します」

と従ってきた。

「なに、若侍様は爺様侍のお付きかね。あのもくず蟹《がに》の爺様に仕えるなんて、可哀相に」

という声が追いかけてきた。

緩やかに蛇行する多摩の流れを見下ろすところに疏水が通り、それは多摩川へ

と流れ込んでいた。

二人は石を敷き詰めた洗い場で草鞋の紐をほどき、足袋を脱いだ。

円太郎親方が小籐次のために誂えてくれた革底の足袋は足首がきゅっと締まり、長歩きしても疲れなかった。

小籐次は丁寧に脱ぐと埃《ほこり》を叩いて懐に差し入れた。

洗い場には歯がちびた下駄があった。

流れで手足を洗った二人が下駄を履いて宿に戻ろうとしたとき、男衆が姿を見せて訊いた。

「赤目小籐次様にございますな」

「いかにも赤目じゃが」

「うちの嫁の難儀をお救い下さいましたそうな。武蔵七屋の主の半右衛門、このとおりお礼を申します」

と頭を垂れた。乗合船に赤子を抱いて乗っていた若い嫁も姿を見せて、

「赤目様、危ういところをお助け頂き、真にありがとうございました。最前は慌ててお礼を申さず失礼を致しました」

と一緒に腰を折って礼を述べた。

「そなたが詫びる話ではないわ。悪さをなした酔漢が悪いのじゃ」

　と小籐次が答えると、

「嫁の実家《さと》は府中にございましてな、孫の顔を両親《ふたおや》に見せにいった帰りにございました。いや、ようも赤目様には渡し船に乗り合わせて頂き、嫁も孫も怪我《けが》なく戻って参りました。赤目様の異名は酔いどれ様と聞いております。酒はたっぷりと仕度させますでな、まず湯にお入り下さい。これ、おきくや、お二人を湯殿に案内せぬか」

　半右衛門が嫁のおきくに命じ、二人の待遇が急に変わって湯殿に案内された。

「赤目様の武名、武蔵国一円に広がっておりますか。明日からの道中、さらに楽しくなりそうです」

　かかり湯を被った欣也がすでに湯に浸かった小籐次に言った。

「爺様と旅してなんの楽しみがあろうか。今宵は格別と思いなされ」

「さようでございましょうか、それがしはなんとなく明日からの道中も退屈せずに旅ができそうな気がしております」

　と湯船に入ってきた。

四半刻後、控えの間のある座敷に並べられた膳を前に、なんとなく落ち着かない二人の姿があった。なにしろ一間半の床の間を背に、絹の座布団が大きくてふわふわしている上に、なんとも大きな脇息まであって、大名気分と言いたいところだが、欣也も小籐次も慣れぬ接待にいささか当惑していた。

「ささっ、赤目様、この界隈の地酒、珠《たま》の露《つゆ》にございます。酒利きの赤目様にぜひ味合《あじお》うていただきとうございます」

と一升入りに七分目まで酒が注がれた銀塗りの杯が差し出され、

「われら、信州までの御用旅。一夜目にしてかような接待では、いささか戸惑いを隠せぬな」

「酔いどれ様ともあろう方が、この程度の供応で騒がれることもございますまい。ささっ、まずは喉を潤して下され」

「お言葉に甘え、一杯だけ頂戴しよう」

七合が入った大杯を受け、小籐次はごくりごくりと二口、三口喉に落として、

「なんとも滋味深い酒かな」

と感嘆した。

半右衛門が満足げに頷き、欣也に視線を向けた。

「お武家さまは信州松野藩のご家臣じゃそうですな。殿様はご壮健にあられますか」

と尋ねたものだ。

「殿は江戸におられ、健やかにござる」

「さようでしたか。過日も松野藩のご家中の方々がご逗留《とうりゅう》なされて、賑やかな一夜を過ごしていかれたばかりです」

「ほう、賑やかな一夜ですと。甲州道中は御用旅には滅多に使われませぬが、どなたにございましたか」

「国家老様の用人様と、ご分家の家来衆のご一行で、江戸に向う途中、うちに投宿なされたのでございます」

と半右衛門が曰くありげな顔で応じたものだ。

三

数日後、小籐次と欣也の姿は、青梅街道の鶏冠山《とさかやま》下の谷間《たにあい》の山道に見ることになる。

日野宿の武蔵七屋の主、半右衛門が、松野門閥派が甲州道中の要所要所の峠に、江戸藩邸派の松野城下潜入を警戒して見張り所をおいたと知らせてくれたからだ。

偶然にも小籐次らが武蔵七屋に到着する七日も前、この旅籠で松野藩国許と江戸藩邸の門閥派の十人余が集まり、甲州道中を旅する者が必ず越える小仏峠に見張り所ばかりか、親保雅派の使者を始末する、

「関所」

を設けたと教えてくれたからだ。ために江戸で雇った不逞の剣術家を常駐させているそうな。

松野門閥派の面々は、松野城下からも江戸からも遠く離れ、参勤道中に使われぬ日野宿でつい気を許したか、また国許と江戸の同志が再会したことに気を大きくしたか、半右衛門が挨拶に出ても声高に、

「日野の渡し場で使者を始末するのは、人目もあるゆえ不味《まず》かろう。やはり小仏峠山中が親保雅派の面々を始末する第一の関所じゃぞ」

「ならばその手配を」

と話を続け、ついには、

「主、小仏峠に知り合いの者はおらぬか」

と半右衛門の知恵を借りんと問いかけたという。そこで半右衛門は、八王子宿高尾山下《たかおさんした》の杣《そま》の知り合いを紹介したそうな。

「赤目様、松野藩になにがあったか知りませぬが、杣の勉造の小屋に松野藩の家臣三人と不逞の輩《やから》二十余人が巣食って、峠を警戒しております。また笹子《ささご》峠にも小仏峠同様の関所を設ける話にございましたでな。避けられたほうが無難にございましょう」

と貴重な情報を教えてくれた。

そこで次の朝、小籐次と欣也は甲州道中を外し、日野宿から青梅街道の青梅に出て、二俣尾《ふたまたお》、鳩《はと》ノ巣《す》渓谷から丹波山《たばやま》村に抜け、鶏冠山の北を通って笛吹《ふえふき》川を見下ろす小さな峠に差し掛かったところだった。

「まずは小仏峠と笹子峠の関所」

を外した小籐次にとって、この青梅街道は能見一族との死闘、小金井橋十三人斬りの後、小城藩ら四家の刺客を逃れて逃避した峠道だ。馴染みがあった。

「さて笛吹川からどうしたものか」

汗を拭《ぬぐ》った小籐次が呟いた。

「赤目様、塩山《えんざん》に下りたならば、甲州道中の北側に脇街道が走っております。もっとも未だ脇街道を抜けたことはございませんが、里人に尋ね尋ね進めば、小海《こうみ》から佐久《さく》へと回り込み、松野領内外れの扉《とびら》の郷《さと》に出ることができるはずです。そこまで辿りつけば、それがしが馬で走り回った薄《すすき》川がございまして、松野城下の東に出ます」

と果てない旅路を語ったものだ。

「まずはわれらがことを知られぬことが肝要じゃからな。戦いを避け、遠回りしても致し方あるまい」

と小籐次が応じて、二人はまず塩山へと下った。

それから七日後、ようやく松野藩領地境の関所を避けて、松野領内の入山辺《いりやまべ》に到着した。この地には欣也の遠乗りの折に世話になった湯治宿があるとかで、欣也が小籐次をその宿に案内した。

「おや、欣也様ではございませんか。えろう疲れた顔をしてござるな」

湯治宿の主の強右衛門が迎えてくれた。

裏街道や山道を選んでの旅となった。まともに食事を摂《と》ったことは稀で、旅籠に泊まったのもわずか三日だった。あとは百姓家の納屋を借りたり、閻魔《えんま》堂や地蔵堂でとろとろと眠り、再び道中に戻る日々だった。

小籐次も欣也も無精髭が生え、小籐次など破れ笠の下から蓬髪《ほうはつ》が覗いていた。

「江戸から中仙道も甲州道中も避けて、山道や人目に触れぬ裏街道を旅してきましたで、難儀な旅になりました」

と欣也が丁寧に応ずると、

「欣也様、松野城下は分家筋と国家老様の天下というが、真の話ですか」

「城下から湯治に藩士は参らぬか」

「なんでも殿様が参勤下番《かばん》で松野に戻られる日に大事が起こるとか。城下はぴりぴりしておりますでな、だれもが湯治どころではねえだよ」

と強右衛門が応じて、

「保雅様という立派な殿様がおられるのに、なぜ国許では分家や家老様方が騒がれるか。わっしらには分らねえだ」

と首を捻った。

「そうだ、城下に入る中仙道、北国《ほっこく》脇往還、保福寺《ほうふくじ》道、武石《たけし》道、大町道にはそれぞれ関所が設けられて、なかなか険しいお調べがあるそうな。欣也様方も気をつけていかれるだね」

と強右衛門が忠告し、

「江戸からの旅の疲れを癒《いや》すにはうちの湯がいちばんだ。まず、こちらの爺様侍を湯に案内するだね」

と欣也に言ったものだ。

「赤目様、甲州道中を旅する倍の日にちが掛かりました。お疲れにございましょう」

と旅仕度のまま、湯治宿の裏手に小籐次を案内した。すると薄川の流れを見下ろす岩棚に露天の湯があって、郷の人々が湯に浸かっていた。

「許せ、相湯を頼もう」

欣也が願うと土地の言葉で応じてくれた。

小籐次は、欣也を見てはっとした様子の町人が小籐次らと交代に湯から上がったことに気付いた。松野城下から湯治に来たか、土地の人間でないことは一目で知れた。

小籐次は苫葺《とまぶ》きの屋根だけの脱衣場で旅仕度を解いた。

破れ笠の縁に差し込んだ竹とんぼを髷に移したのは、格別に警戒すべきことがあったからではない。用心のために小籐次独創の飛び道具を差したまでだ。

かかり湯を使い、露天の湯に身を沈めた小籐次は思わず、

「極楽極楽」

と呟いていた。

「つかの間の安息にございます。今宵はすべてを忘れて、お休み下さいまし」

欣也が小籐次の老体を気遣ってくれた。

「そなた、殿様の近習にしては足腰がしっかりとして、疲れ知らずじゃ。それがしも感服致した」

「赤目様はそれがしの爺様のごとき歳にも拘らず、なんとも健脚にございますな。お人柄に加えて剣の達人、殿様が赤目様を信頼なされ、頼ろうとなされた理由が分りました」

首まで湯に浸かっていると、じんわりと体が温まり、凝りや疲れが抜けていくようだった。

「明日の城下潜入が、さしあたっての問題か」

小籐次と欣也の周りに湯治客はいなかった。それに薄川のせせらぎが二人の話を消して、他人に聞かれる心配はなかった。

「今宵、なんぞ知恵を絞ります」

「城下に入れば、そなたが頼りじゃからな」

「お任せ下され、とお答えしたいのですが、殿が江戸参勤のために城下を留守にされた間に様子が大きく変わったそうで、ここはじっくりと考えて行動せねばなりますまい」

「この湯にそなたを承知の者がおったか」

「遠乗りにしばしば訪れた地にございますれば、顔くらい承知の者はおりましょう。それがなにか」

「いや、われらが湯に入った折、湯から出た者がいたでな」

「迂闊にも気付きませんでした」

と欣也が辺りを見回した。

最前より宵闇が露天風呂を包もうとしていた。

「まあ、領内に入ったのじゃ、なにが起こってもよい覚悟で動こうか」

「はい」

と欣也が険しい表情で頷いた。


小籐次と欣也が割り当てられた湯治宿の部屋に入ると、女衆が、

「夕餉は囲炉裏端で願うだ」

と案内に来た。

両手に抱えてきた旅仕度を部屋の隅に置くと、小籐次は着流し姿で手に次直だけを携えて女衆に従おうとした。欣也は、道中羽織こそ脱いでいたが、袴の腰に脇差を差し、手に大刀を持っていた。

赤々と燃える大きな囲炉裏端にはすでに湯治客が顔を揃え、膳を前に箸をとっていた。

二人がどこに座したものかと立ち竦んでいると女衆が、

「おめえ様方はこちらだ」

と一段高いところに切り込まれた座敷を差した。そこには初老の人物がいて、欣也を笑顔で迎えた。

部屋の片隅に露天風呂で小籐次が見かけた町人がいた。縦縞の袷をきちんと着込んだなりはお店《たな》の奉公人、手代か見習い番頭であることを想像させた。

「おや、安曇野《あずみの》屋のご隠居どのではございませんか」

「古林の若様、いつ江戸からお戻りになられたのでございますな。存じませんでした」

「ご隠居、もはや若様という歳ではござらぬ」

「保雅様の近習衆にご出世とか。そなた様なれば当然のことにございましょう」

「ご隠居、欣也を褒め殺す気か」

「なんのなんの、江戸から国許松野に戻られたにしては、異な地から領内に入られましたな」

「いかにも、扉峠越えで入山辺に入ったところです」

頷いた隠居の視線が小籐次に向いた。

「欣也様、こちらのお方は」

「赤目小籐次様と申され、またの名を」

「まさか酔いどれ小籐次様ではございますまいな」

「ご隠居、承知か」

「豊後森藩久留島の殿様の恥辱をそそがんと、お一人で大名四家の行列を襲われ、御鑓先を切り落とされた武名高いお方にございますでな、この松野でも幼子ですらその名は承知しておりますぞ」

山中の湯治場で告げられた言葉に小籐次の尻はむずむずした。

「世間が狭うなったものよ」

「ふっふっふ」

と笑った安曇野屋の隠居だが、

「欣也様、酔いどれ小籐次様を松野城下に案内なされたとは、どういう経緯にございますな」

と険しい顔で質《ただ》した。

「ご隠居、驚かれてはなりませんぞ」

「なにを驚くなと言われますな」

「この赤目小籐次様とわが殿保雅様は、若き日に親しい交わりをなされたお仲間だそうで、今も互いに信頼なされる間柄なのです」

「なに、六万石の松野藩藩主の保雅様と天下の酔いどれ様が知り合いですとな。これは驚いた。二人の結び付きをだれも努々《ゆめゆめ》考えたこともございますまい」

ご隠居の応えに欣也が満足げな顔をした。

「ちょっと待って下されよ。欣也様の道案内で裏街道伝いに、松野城下に酔いどれ様をお連れになったとな。そうか、門閥派への掣肘《せいちゅう》を殿様が決断なされたということではございませんか」

隠居の顔が、ぱあっと明るくなった。

首肯した欣也が小籐次に視線を向け直し、

「赤目様、材木商安曇野屋は城下有数のお店で、ご隠居は殿様とも親しい八代目にございまして、もはやお店の実権は九代目の若旦那、尊乗《たかのり》どのにお譲りになって楽隠居、松翁と呼ばれる身分にございますよ」

と改めて老人を紹介した。

「それがし、芝口新町の裏長屋に住まいいたす赤目小籐次にござる」

と小籐次も自ら名乗った。

「赤目様、心強いかぎりにございますよ。保雅様にこのような奥の手があろうとは、門閥派も承知しておりますまい」

「いや、ご隠居、殿が赤目様を藩邸にお招きなされたことは、もはや江戸藩邸内の門閥派の知るところ。すでに国許にも知らせが届いておろうと存じます」

「となると城下に入る木戸の警戒が厳しゅうなり、お二人が城下に入ることは簡単ではございますまい。なんぞ工夫が要りますな」

「安曇野屋のご隠居、古林欣也どのは松野藩のれっきとした家臣、それを城内に入れぬという法はござるまい」

「昨夏、殿様が江戸へ参勤上番に出られて以来、松野城下では門閥派の方々が親保雅様派のご家来衆を役目から下ろしたり、軟禁したりと、門閥派に非ずば松野藩藩士に非ずという嫌な雰囲気にございましてな。私ども商人《あきんど》までお店の軒下に、門閥派御用達の看板を掲げねば、藩の御用にありつけぬ有様でしてな。情けないことにうちをはじめ、城下の大半のお店が、踏み絵代わりの看板を掲げておりますのじゃ」

と嘆いた。

「赤目様、欣也様、されど格別に門閥派に鞍替《くらが》えしたところなどほんの数店、大半が保雅様のご帰国をお待ちしておるのでございますよ。赤目様はその露払いにございましょう」

「保雅様のお戻りはいつにござるか」

「六月にございます」

「六月まで江戸を留守にするわけにはいかぬ。なんとか早急に事の解決を図りたいものかな」

と小籐次が答えたところに膳と酒が運ばれてきた。

松翁が燗徳利を摑むと、

「赤目様、ご入魂のお付き合いを」

と差し出した。

「安曇野屋のご隠居どの、そなたは隠れ保雅様派と信じてようござるか」

と小籐次は質した。その答えを聞くまで小籐次は献杯を受ける気はない。

「赤目様、隠れもなにも、私ども城下の商人は、先代までの藩財政の悪化には悩まされ続けてきました。貸金をいくら城の金蔵に入れたところで、竹笊《たけざる》に水を入れるが如くにざざ洩れで、いつしか金子が消えておる、そんな繰り返しにございましてな。保雅様が藩主に就かれて、藩政が大きく変化しましたのじゃ。ご家中に質素倹約を徹底なされ、領内に新たに殖産事業を起こされ、藩の借財はなくなったばかりか、城中の金蔵には飢饉や大水のときのために用意された千両箱が積まれているそうな。かような藩主は信濃じゅうを探してもおられますまい。商人も百姓衆も保雅様の治世を喜び、お慕い申しておるのです」

「では、国許の家臣団のみがなぜ門閥派を形成し、保雅様を追い落とそうとしておるのですな」

「一言で申せば、門閥派は昔の笊藩政が懐かしいのです。賄賂《まいない》が横行し、商人や百姓衆から金を搾りとる暮らしに戻りたいのです。そのほうが自分たちの懐が潤うとばかりに、分家を担ぎ出し、国家老様が藩政を勝手気ままに専断したいのです」

「なんとも、水が低きから高きに流れるようなことが、松野藩には起こっておるのでござるか」

「いかにもさようです」

「ご隠居、城中の家臣団の大半が門閥派に寝返ったというのは真ですか」

「欣也様、分家光豊様と国家老小埜文左衛門様の考えを熱心に支持しておるのは、家禄二百石以上の諸士、つまり中堅から重臣方でございましてな。中小姓以下の方々は、差しあたって長いものには巻かれよと門閥派の振りをしておるだけにございますよ」

「親保雅様派の頭分はどなたにございますか」

「松野では、親保雅様派を妾腹組と蔑んでおりますで、親保雅様派と公に申せば、その日から軟禁の憂き目に遭いましょうでな、だれかとはなかなか申されません。ですが、これまでの経緯から申して、御番衆総頭御嶽十郎左衛門様が旗頭かと存じます」

「亡き五郎右衛門様のお身内か」

「えっ、赤目様は先代の御嶽様をご存じで」

「御嶽五郎右衛門様には若き日、保雅様と一緒にお目にかかった」

「なんと、そのような因縁がございましたか。十郎左衛門様は五郎右衛門様のご子息にございます。父御《てご》に似て、清廉剛直な御番衆にございます」

と答えた松翁が、

「話は長うなります。赤目様、まずは一献受けて下され」

と燗徳利を差し出した。

「頂戴致す」

とようやく小籐次は杯に酒を受けた。

三人は、腹蔵のない話をなす同士であることを認め合い、最初の一杯を酌み交わした。

「赤目様、欣也様、ただ今松野城下に御嶽十郎左衛門様がおられたのは、殿様にとっても赤目様にとっても僥倖《ぎょうこう》にございますぞ。まずお二方が御嶽様に会うのが、門閥派を追い落とす先決じゃが、御嶽様の身辺には門閥派の厳しい目が光っておりますでな、これは一工夫いりましょうな」

隠居の松翁が腕組みして沈思した。

小籐次は松翁が保典の幽閉を知らない様子に、松野城下では極秘事項かと、そのことを考えていた。

四

小籐次と欣也が、入山辺の湯治場で偶然にも安曇野屋松翁に会った翌日、松翁と手代の房吉が松野城下へ戻っていった。

松翁が湯治の予定を早めに切り上げたのは、御嶽十郎左衛門への保雅の使いとして、近習の古林欣也が赤目小籐次を同道して、密かに領内に入っていることを告げるためだ。

松平保雅の意思がはっきりと松野城下に伝われば、門閥派が体制を固める城内でも、江戸藩邸派、親保雅派へ戻る者が出てくると思われた。

そのためには江戸藩邸派の指導的な役割を果たす人物として御番衆総頭御嶽十郎左衛門が立ち上がることが不可欠だった。

安曇野屋松翁は欣也の書状を持参して、なんとしても御嶽様に会うつもりと言い残し、入山辺の湯治場を去った。

入山辺の湯治場は、松野城下から東におよそ一里半離れた薄川の川べりにあった。

小籐次と欣也は、城下からの連絡を湯治場で静かに待っていた。

「赤目様、城下とこの湯治場はわずか一里半しかございません。安曇野屋のご隠居はどうしておるのでございましょうな。三日も過ぎようというのになんの連絡《つなぎ》も入りません」

欣也が苛立《いらだ》ったように言った。

「今宵、なんの音沙汰もなければ夜陰に乗じて城下入りしましょうか。保典様のことを思うと、居ても立ってもおられませぬ」

「欣也どの、ここはじっくりと落ち着いてご隠居の連絡を待つことが肝要じゃぞ。日にちがかかっておるというのは、門閥派の目が御嶽十郎左衛門様の周りに注がれておるということよ。ともかくこたびの首尾いかんは、十郎左衛門様にかかっておりますでな」

と小籐次が宥め、欣也は黙り込んだ。

若いだけに、じいっと耐えて待つことに焦りを感じていた。

なにしろ江戸からの道中も、ふつうに旅するよりも倍する日にちが掛かっていた。それだけに欣也が焦る気持ちも分らぬではないが、ここは我慢の時だと小籐次は動じなかった。

さらに一日が無為に過ぎ、欣也が、

「明日には、なにがなんでも城下入りしとうございます」

と小籐次に宣言した日の夕暮れ、新たな湯治客が姿を見せた。

湯治場に、武家の出と思えるお婆様一行が現れたのだ。

小籐次は偶然にも宿の前で一行の到着を見ていたが、お婆様に女衆が二人、一人は十一、二の孫娘と思えた。それに荷担ぎの若い小者《こもの》を従えての四人だった。なりや言葉遣いから見て、松野藩の重臣の家族と思えた。

小籐次はその一行が松野城下からの使者とは思いもしなかった。湯治場の主の強右衛門に、

「おや、大手屋敷のお婆様。この時節にはお珍しいことにございますな」

と迎えられ、一行は湯治宿でも上客しか泊めない離れ屋に入った。

小籐次が座敷に戻ると、欣也が城下入りする仕度をしていた。

「必ずや御嶽十郎左衛門様にお会いして、殿のお気持ちを伝えて参ります。その上で赤目様をお迎えに上がります」

となにがなんでも明日未明には発つ意思を告げた。

小籐次は欣也に同道すべきかどうか今一つ決断がつかずにいた。保典がどこに

幽閉されているか、分からないのも気がかりだった。

「欣也どの、われらここで離れてはなるまい。それでは保雅様のお心に叶《かな》うまいでな。それがしも同道しよう」

「赤目様もご一緒して頂けますので」

欣也が喜んだ。

「ただし、明朝ではない。この夜半に出立して未明に城下入りしようではないか」

「分りました」

小籐次の提案に欣也がいよいよ張り切った。

「そうと決まれば最後の湯に浸かり、夕餉を食した後、少し体を休めておこうか」

「赤目様、この湯治場で五晩目にございます。十分に体は休めました。今さら眠ることなどできましょうか」

と答えた欣也だが、小籐次が露天風呂に向うと黙って従ってきた。

夕暮れどき、珍しく露天風呂に湯治客の姿はなかった。

「欣也どの、城下のお屋敷では御家族が参勤下番を待っておられような」

「いかにもさようです。父は殿に従い、江戸におりますが、わが弟妹が松野城下に暮らしております」

欣也は幼くして母を亡くしたと言ったが、松野城下で弟妹らはだれと暮らしているのか、小籐次はそれ以上は質さず、言った。

「会いたいであろうな」

「江戸を発つとき、屋敷に立ち寄ってはならぬと、父から厳命されました。弟妹らとも会わぬ覚悟です」

「そなたの屋敷にも門閥派の監視の目が光っておると見たほうがよいか」

「それがしが江戸から消えたことは、江戸屋敷の隠れ門閥派が逸早《いちはや》く松野城下に知らせておりましょうから。父の忠告に従うつもりです」

と覚悟のほどを披瀝《ひれき》した。

湯治場に宵闇が訪れた頃、湯治客が一人ひっそりと姿を見せ、無言で二人に会釈して、かかり湯を使った。

どうやらお婆様に従っていた小者のようで、主と女衆は別の湯に入っているのか。そんなことを小籐次が考えていると、湯船に身を浸した小者が静かに二人のそばに寄ってきた。

湯が揺れたため、欣也が小者を見て、ふむという訝《いぶか》しい表情を見せた。

「欣也、幼馴染みの顔を見忘れたか」

「なにっ、その声は伊藤十兵衛か」

「おお、十兵衛じゃ」

「そなた、湯治か」

「そなたとは違うわ。武具方支配下の次男坊が湯治など考えられぬぞ」

「湯治ではのうてなんじゃ」

「そなたに会いに来たのじゃ」

「なんじゃと」

「そう驚かずともよかろう。安曇野屋の隠居から、そなたが入山辺まで潜入していることを聞かされた」

「われら、忘れられたかと思うたぞ」

「馬鹿を申せ。じゃが、そなたら、ここを動かずによかった。保福寺道をはじめ、松野八口など、どのような間道にも渡し場にも、欣也、そなたとお連れ様の人相書が張り出されておるぞ」

「なんと、それがし、殿の使いじゃぞ。罪人ではないわ」

「門閥派にとって、殿の使いは何人《なんぴと》といえども断じて城下に入れることはならぬのだ」

欣也が舌打ちした。

「十兵衛、そなた、だれの意で湯治場に参った」

「欣也、大手屋敷のお婆様がお見えじゃぞ」

「お薗様がお見えとな」

欣也の声に驚きがあった。

「欣也、こちらが赤目小籐次様じゃな」

十兵衛は、幼馴染みの二人の再会の様子を黙って見詰める小籐次を見て、欣也に尋ねた。

「いかにもさようじゃ」

十兵衛が小籐次にぺこりと頭を下げた。

「赤目様、それがし、欣也とは外多流の剣術仲間にございまして、欣也の家とは身分違いにございますが、欣也だけが分け隔てなく付き合うてくれました。欣也が保雅様のお側に奉公し、使いを果たすような信頼を得ておることは、それがしの誇りでもございます」

と十兵衛が言い切った。

「お二人の話しぶりに麗しい仲かなと、赤目小籐次、羨ましくも感心しており申した」

「十兵衛、そなた、赤目様がそれがしと同道してこられたわけを承知か」

「いや。じゃが城下でも天下に武名を轟《とどろ》かせる赤目小籐次様が欣也に従うておるというので、門閥派は戦々恐々としておるぞ。城下の風聞では赤目様は、身の丈七尺余の巨漢にして、その強力《ごうりき》たるや牛をも縊《くび》り殺すと評判でな」

と十兵衛が湯に浸かった大顔を見た。

「噂とはおよそあてにならぬものじゃな。それでは松野八口の人相書も役に立つまい」

「欣也、赤目様は小柄なお方じゃな」

十兵衛は宿の前にいた小籐次を見ていた様子だ。

「噂より二尺は小さかろう。じゃが、いささか老いた顔と身丈で判断すると、門閥派はえらい目に遭おうぞ」

「お強いか」

「それがし、未だその片鱗《へんりん》しか知らぬ」

欣也が内藤新宿と日野の渡し場の一件を十兵衛に告げた。

「ほう、江戸の門閥派を懲らしめ、街道荒らしの浪人どもを座したまま始末なされたか」

「御鑓拝借は伊達《だて》ではない。われらには強いお味方がおられる」

「その理由を聞かせぬか」

と十兵衛が急かした。

「驚くなよ、十兵衛。殿と赤目様は、その昔、親しい交わりをなされた間柄じゃ。今から三十余年も前の天明七年に、江戸の品川宿で異国に身売りされようとした娘らを救い出した騒ぎも共になされたそうな」

「欣也、殿と赤目様は昔も今も親しき仲か。われら、松野藩の家臣はそのようなことをだれも知るまい」

十兵衛が訝しそうな顔で小籐次を見た。

「天明七年の騒ぎのあと、われら品川村腹っぺらし組は、稼いだ金子を五両三分ずつ等分に分けて解散いたしした。以来、仲間七人は顔を合わせておらぬ」

「殿も五両三分の分け前を得られたので」

「むろんのことじゃ。われら、その名の通り、保雅様以下全員がいつも心に飢餓を抱え、腹を減らして生きておった頃の話でな。だれにとっても五両三分は大金であったわ」

「殿にそのようなご苦労の過去があろうとは驚いた」

と十兵衛が呟いた。

「十兵衛、こたびの危難に際して殿が救いを求められたのが、赤目小籐次様であったのだ」

「なんとも不思議な縁じゃな。天下の酔いどれ小籐次様と譜代大名松野藩六万石の藩主が知り合いなどと、だれが知ろう」

「十兵衛、門閥派にとって赤目小籐次様の脅威はそれだけではないぞ」

「なんじゃ」

と問い返す十兵衛に欣也が、

「それよりそなた、だれの使いで湯治場に参ったな。御嶽十郎左衛門様の使者としてであろうな」

「その一件か。詳しい話は大手屋敷のお薗様がなされよう」

「ほう、お薗様自ら使いに立たれて湯治場に来られたか。ようやく得心がいった」

「まあ、そういうことだ」

と答えた十兵衛の声音にどこか不安があった。

「どうした、十兵衛。なんぞあればお蘭様に会う前に話せ」

と欣也が催促した。

「うーむ、御番衆総頭の御嶽十郎左衛門様のことよ」

「御嶽様がどうなされた」

「二月《ふたつき》も前か。分家の光豊様と国家老のお二人が、御嶽様と密かに城下外れの茶屋で会談なされたとか。以来、御嶽様は門を閉ざし、登城もなさらず、まるで蟄《ちっ》居《きょ》を命じられたようにじいっとしておられるのだ」

「では、安曇野屋のご隠居は御嶽様に会うことが叶わなかったのか」

「その辺のことはそれがしには分らぬ。ともかく大手屋敷のお蘭様の供をせよと命じられて、かように入山辺まで出張《でば》ってきたのだ」

「よし、お蘭様に会おう」

と応じた欣也が、

「十兵衛、そなた、保典様が城下に幽閉されておるという噂を耳にしたことはないか」

「保典様は殿のご嫡男じゃぞ。江戸藩邸におられよう」

「それが、今より半年も前に大水見舞いに国許入りして以来、杳《よう》として行方が知れなくなったのだ」

「なんじゃと、そのような大それたことを門閥派がなしたというか。藩主に対する謀反ではないか」

「殿のお口ぶりでは、国許の門閥派が国境で勾引《かどわ》かしたと考えておられるようだ」

「なんということが」

十兵衛が小籐次を見た。

「大手屋敷のお薗様とはどのようなお方か」

と小籐次が訊いた。

「先々代藩主光年様の妹御でございましてな、光年様と殊の外仲がよい妹御でして、光年様は聡明なお薗様になんでも相談なされたとか。光年様没後、大手屋敷でひっそりとお暮らしにございましたが、先代の光芳様が病にお斃れになり、殿が新しく藩主に就かれたときから、松野の事情を知らぬ殿のよき相談相手になってこられたお方にございます」

「先々代藩主の妹御にしては、供も少のうございますな」

「光年様ご存命のときから、お薗様は仰々しいことがお嫌いなお方にございます。一度仏門に入られたことと関わりがございましょう」

と欣也が答え、

「われらが学んだ外多流の剣道場がお薗様の大手屋敷に隣接しておったこともございまして、稽古に腹を減らしたわれらはよう大手屋敷に立ち寄り、しばしば餅《もち》やら蕎麦《そば》やらを馳走になったものです」

と十兵衛が言い足した。

「およその事情は分り申した。お目に掛かろうか」

小籐次が湯から立ち上がった。


離れ屋で大手屋敷のお薗様と対面したのは、小籐次だけだ。お供の女衆も欣也も十兵衛も別の部屋に下がって二人だけの対面となった。

お薗は七十七歳というが、内湯に入ったせいか肌もつやつやとして、実際の年齢より十歳ほど若く見えた。白髪をひっつめた髷が小さな顔に似合っていた。

「赤目どの、お役目ご苦労に存じます。そなた、保雅様の悪さ仲間じゃそうな」

お薗の口調にはすべてを承知した様子があった。

「大昔のことにございます」

「こたびのこと、そなたが保雅様の知り合いであったことがどれほど心強いか」

「お薗様、それがしが保雅様に願われたのは、嫡子保典様を無事に門閥派から救い出すことの一点にございますが、お薗様は保典様の幽閉先をご承知にございましょうか」

小籐次は単刀直入に要件に入った。保雅は嫡男を救出した後に分家の光豊と国家老の小埜文左衛門を始末せよとも命じたが、このことはお薗に黙っていた。

小籐次の問いにお薗が顔を横に振った。

「このこと、分家の光豊様と国家老の小埜文左衛門の二人の画策と思えます。半年前の昨秋のこと、大水が領内を襲うたゆえ江戸から保典様ご一行が急ぎ巡察に入ると聞かされておりましたが、待てど暮らせど保典様が松野城下に姿を見せられることはございませなんだ。訝しいことに分家の光豊も国家老の小埜も平然としておりましてな、江戸から保典様が国許入りする話などなかった風に振舞っております。一方、保雅様からも保典様の行方を案じる書状が届いております。私どもも必死に行方を追ってはいますが、その幽閉先が杳として知れませぬ。門閥派の中でも藩主の嫡男幽閉は、限られたものしか知らされておらぬのであろうと思います。保雅様を藩主と慕う家臣に命じて、なんとしてもと行方を追っているが、摑めぬのです」

とお薗が案じ顔で答えた。

小籐次は頷くと、

「今一つ、お薗様にお尋ねしたい。松野城下で保雅様を慕う江戸藩邸派の面々の中心的な人物は、御嶽十郎左衛門どのと聞いております。保雅様もこの御嶽様のことを頼りにしておられるように見受けられました。この御嶽様の動きはいかがにございますか」

「二月前、御嶽どのは、光豊様と国家老と面談したそうな。以来、門閥派に転んだという噂が城下に流れておりましてな。このお薗も御嶽どのに何度かお目にかかろうと試みましたが、城下外れの望峯庵に籠《こも》られたきり、病療養中を理由に会うてはくれませんのじゃ」

お薗の顔には困惑の表情が見えた。

「お薗様、本日、湯治場に参られた理由はなんでございますな」

「正直申して国許は門閥派に牛耳られ、保雅様派は動きを封じられております。

そこでなんとしても赤目小籐次どののお力添えで、この苦境を打開したいと、年寄り自ら足を運んで参りました」

「ご苦労に存じました。ところで、保雅様を藩主と慕う家臣はどれほどと考えればようございますな」

「本日、わらわの供をしてきた伊藤十兵衛ら下士が十数人、片や門閥派は二百人を数えるとか。親保雅様派はひっそりとして、保雅様ご帰国の六月を待っているのが実情にございます」

小籐次は思わず溜め息を吐きそうになった。

江戸で聞き知った経緯から一歩も進んでいないばかりか、松野城下は完全に門閥派の牛耳るところであった。

「われらが城下入りするのも至難の業にござる」

「わらわが湯治場に参った理由がそれにございますよ。そなたら二人をなんとしても城下入りさせる所存」

「いつ出立なされますな」

と小籐次が訊くと、

「夜旅じゃが、これからはいかがか。なぜならばそなたらがこの湯治場に潜んでいることはそろそろ門閥派の知るところでありましょうからな」
と大手屋敷のお婆様と呼ばれる刀自《とじ》が平然と答えたものだ。

第三章　城下緊迫

一

提灯の灯りをたよりに、大手屋敷のお蘭様一行四人と小籐次、欣也を加えた六人は湯治場を出ると、薄川沿いに岸辺の道を下っていった。

湯治場からおよそ十六、七丁、提灯を持つ伊藤十兵衛が灯りを緩やかに左右に振ると、岸辺から別の灯りが呼応した。

「十兵衛、舟を用意しておったか」

と欣也が剣術仲間に訊いた。

「船着まで、お蘭様方女衆を乗せた川舟を引きながら上がってきたのよ。城下は松野八口の他も門閥派が警戒しておるで、相手の裏をかき、舟でそなたら二人を城下に入れようというお蘭様の策じゃ」

「お蘭様はあれこれ考えられたな」

欣也の声が聞こえたか、お蘭が、

「欣也どの、これからが正念場です。わらわの考えがうまくいくかどうか、あとは船頭の腕次第」

と平然と答えたものだ。

船着の川辺に舳先を下流に向けた川舟が舫《もや》われ、

「お蘭様、ささっ、胴の間にお乗り下され」

と船頭が手を差し出し、十兵衛が助船頭に早変わりして、お蘭ら女衆三人と小籐次と欣也を乗せ、

「しばらくの辛抱です」

と茣蓙《ござ》をかけて隠した。

舫いが解かれ、棹が岸辺をついて薄川の流れに乗った。

およそ標高六千余尺（一八三六メートル）の前鉢伏山《まえはちぶせやま》を始め、宮入山《みやいりやま》、観峰《かんぽう》、出峰《いでみね》などの谷間から流れ落ちる細流を集めた薄川は、水量豊富な流れで、二人の船頭に操られてかなりの速さで下り始めた。だが、船頭の腕がよいのか、流れに

溶け込んだように静かに走り下った。

舟が流れを乗り切るたびに、小籐次らの尻にこつこつとしたあたりが感じられた。

「門閥派の見張り所下を通過しますぞ」

十兵衛の緊張した声が莨蓙の下に身を隠した小籐次らにかけられ、欣也が腰から抜いた刀の柄に手を伸ばしたのが分った。

小籐次は身じろぎ一つしなかった。

助船頭の十兵衛も莨蓙の下に身を隠し、姿勢を低くした船頭だけが艫《とも》に棹を操り、見張り所のある橋下に接近した様子があった。

莨蓙の隙間から橋上の松明《たいまつ》の灯りが見えた。

だが、警戒の門閥派はまさか薄川を川舟で下ってくる者がいるなど予想もしなかったか、莨蓙の向こうを灯りが流れて、橋下に舟が入り、さらに下流へと進んでいった。

緊張と沈黙の時がどれほど過ぎたか。

舳先で身を潜めていた十兵衛が、

「お薗様のお考え、まんまとあたりましたな」

と声を上げ、

「赤目様、城下の南辺にすでに到着しておりますぞ」

と松野城下に不案内な小籐次に告げた。

川舟が薄川右岸に着けられ、莫蓙が剝がれると船着場に乗り物が待ち受けていた。

大手屋敷のお婆様ことお菊は、周到な準備の末に欣也と小籐次を松野城下に迎え入れたようだ。

薄川はこの下流で田川と合流し、さらに松野城下の北西部で奈良井川へと流れ込んでいく。

乗り物にお菊が乗り、従ってきた女衆が膝掛けをかけた。引戸が閉まる前にお菊が、

「これからが最も警戒すべき城下ですぞ」

と一同に注意を改めて喚起した。

お菊の乗り物を中心に女衆二人と、いつの間にか中間のなりに変わった十兵衛が提灯持ちで従い、小籐次と欣也が乗り物の前後を固めた。

声もなく陸尺《ろくしゃく》の肩に棒が入れられ、松野城下の南から松野城に向う大名町通り

と並行した東側の小路を北に向って進み始めた。

十丁も進んだとき、小路の向こうに灯りが浮かんだ。ふいを突かれたお薗の乗り物は真っ直ぐ灯りに向って進むしかない。

「欣也どの」

小籐次が江戸からの道案内人の古林欣也に声をかけ、二人は乗り物から離れて、両側町のお店の軒下の闇に身を溶け込ませると、乗り物から数間の間をおいて従った。

提灯が接近し、十兵衛が、

「まずい」

と動揺の声を洩らした。

「十兵衛、いかがした」

欣也が声を潜めて質した。

「小埜新五郎がおるわ」

と十兵衛が答え、欣也が、

「赤目様、われらが剣術仲間にして国家老小埜様の甥《おい》、小埜新五郎が巡察隊におるようです。十兵衛もそれがしも同門ゆえ顔をよう承知です」

「十兵衛どの、次の辻を左へ」

十兵衛が素直に小籐次の命に従い、次の辻で左に導いて曲がった。

小埜新五郎らの巡察隊に緊張が走り、

「何奴か、問い質すぞ」

と急ぎ乗り物が曲がった辻に走りきた。

小籐次が破れ笠の縁に差し込んだ竹とんぼを抜くと、力を込めて捻り飛ばした。

ぶうーん
と軒下の闇から飛翔した竹とんぼは、一気に提灯の灯りに向って接近し、小籐次が竹を細く削った両羽が提灯の竹ひごと紙をすぱっと切り分けると、なんと灯心まで切り飛ばして、辻を一瞬にして暗闇に変えた。

小籐次は灯りが消える前の巡察隊四人の立つ位置を脳裏に刻み込んだ。

小埜新五郎と思える長身の若侍と大小を差した武士が一人、提灯持ちともう一人は、下士か。腰に脇差を差しただけで小脇に六尺棒を掻い込んでいた。

「小埜様、灯りが」

と提灯持ちの驚きの声が辻の闇に響いたとき、小籐次は立ち竦んだ提灯持ちにするすると歩み寄り、小脇に抱えていた六尺棒を奪い取ると、まず小埜新五郎がいたと思える闇の、鳩尾《みぞおち》のあたりに向って突き出していた。

小籐次が手応えを感じたと同時に、
うっ
と呻《うめ》き声を洩らした新五郎がその場に崩れ落ち、

「新五郎どの、どうなされた」

と問う声に向って再び六尺棒が突き出され、一瞬にして士分格の二人が崩れ落ちた。

「参ろう」

と欣也に声をかけた小籐次はお薗の乗り物を追って走り出した。下士二人はどうしてよいのか分らぬまま、闇に立ち竦んでいた。


四半刻後、一行は松野城下の女鳥羽《めとば》川の北側に広がる寺町に入り、臨済宗の臨峰山粋禅寺の山門に吸い込まれて、扉が閉じられた。

「おお、粋禅寺か」

と欣也が声を上げた。よく承知の寺なのか。

小籐次はわずかに白み始めた光の中で、粋禅寺のお勤めが始まっていることに気づいていた。

「粋禅寺の住職笙然《しょうねん》老師は、われらと同じく保雅様派でございましてな。われらに会合の場を貸し与えて下さるのです」

と十兵衛が小籐次に説明してくれた。そして、欣也が本堂から庫裏《くり》に向う乗り物に走り寄り、

「お薗様、助かりましてございます」

と礼の言葉を掛けた。

「欣也どの、城下に入り込んだとて、保雅様の御用を達したわけではございますまい。勝負はこれからですよ」

欣也の気を引き締めるように言ったものだ。

「いかにもさようでした、お薗様」

と応じた欣也が、

「こちらにだれぞお待ちですか。まさか御嶽十郎左衛門様ではございますまいな」

「そなたらが頼りにいたす御嶽様は未だ動かれず、門閥派なのか江戸藩邸派なのか、はたまた頼りにしてよいのやら悪いのやら、一向に見当がつきかねます。父

上は言動がはっきりとなされたお方でしたがな」

とお蘭が胸の中を洩らし、乗り物が庫裏の前に下ろされた。


小籐次と欣也が通された十二畳の座敷は無人だった。だが、すぐに大勢の足音が響いて、ぞろぞろと若侍が姿を見せた。

「やはり殿の使いは欣也であったか」

と六尺豊かな若侍が笑った。なりや差し料から見て松野藩の下士だろう。それぞれ身分に違いは見受けられたが、外多流の剣術仲間だ。言葉に遠慮がない。

「柳沢唐次郎、間違うでないぞ。それがしは江戸から松野城下へ殿の使者赤目小籐次様をお連れ申しただけだ」

欣也がちょこなんと座る小籐次を見た。

「こちらのお方が天下に名高い酔いどれ小籐次様か」

と一人の若侍が訝しげに小籐次の大顔を見た。

「松之助、このお姿に騙《だま》されてはならぬ。殿とは胸襟を開いた昔馴染みの赤目様だ。小城藩をはじめ、四家の西国大名を恐れさせた腕前は健在じゃぞ」

と中間のなりの十兵衛が座敷に入ってきて言うと、

「赤目様、それがしを入れて十三人が門閥派に抗する親保雅様派にございます」

と一人ひとりの名を上げて紹介した。

「赤目小籐次にござる。それがしが保雅様に乞われたのはただ一つ、保典様の行方を突き止め、無事に救出することじゃ。そなたら、保典様の幽閉先を摑んだ者はおらぬか」

と小籐次は単刀直入に尋ねた。すると一斉に若侍が顔を横に振った。むろん保雅から今一つ頼まれごとをしていたが、彼らに助けを借りるつもりはなかった。

「われら、保典様が門閥派の手にあることは正式に聞かされておりません。されどお蘭様の周辺から、その一件を十兵衛が漏れ聞いてきたので、そのとき以来、われらは手分けして、城の内外の門閥派が関わりのある場所を探ってきました。ですが、残念ながらこれまで手がかりは一向に見付けられないでおりました」

と柳沢唐次郎が答え、篠田松之助が、

「真にこの松野藩領内に幽閉されておられるのでしょうか」

とだれにともなく尋ねた。

「松之助、殿が赤目様を松野に送り込まれたことで推測がつこう。必ずや城下か領内のどこかに幽閉されておられる」

と欣也が言い切った。

「そうか、そうであろうな。でなければ赤目小籐次様が松野城下に姿を見せられるはずもないでな」

親保雅派の若侍の口調に切迫感がないのはお国柄か。保典捜索も漫然と行われた様子が感じられた。

「赤目様、われらにお指図下され」

と唐次郎が願った。

「そなたらが肝胆相照らす間柄というのはよう分かった」

「外多流寒河江《さがえ》徳宣《のりのぶ》先生の弟子にござれば、身分の上下、官職に関わりなく、われら親しく付き合うて参りました」

「小埜新五郎のような者もおろう」

「おや、赤目様は新五郎を知っておられますか」

と唐次郎が反問し、

「寒河江先生の怒りを買って破門された男です。あいつは仲間でもなんでもありません」

と言い足した。

十兵衛が最前城下の辻で門閥派の巡察隊に遭遇し、小籐次の機転で切り抜けた経緯を話した。

「おや、あやつ、二刀無人流の道場に鞍替えして腕を上げたというが、赤目様にかかっては赤子同然か。ひっひっひひ」

と嬉しそうに小柄な冨田三八が笑った。

「あやつ、国家老の叔父御の名をすぐに持ち出し、嫌味な奴であったぞ」

「おお、門閥派の中では、次の殿様の御側衆《おそばしゅう》を務めると吹聴しておるらしい」

「赤目様、そのようなわけで、あやつはわれらの仲間ではありません」

と唐次郎が言い切った。

「松野城下で門閥派が集まる道場はその二刀無人流か」

「赤目様、いかにもさようです。国家老の小埜様が道場主の成瀬彦兵衛様に、藩道場に準ずるとお墨付きを渡したとか。近頃では門閥派の面々が集まって、朝稽古から夕稽古まで勢い盛んです」

「そなたらの外多流道場はどうしておる」

「寒河江先生が三年前に亡くなられて、道場そのものがなくなりました」

冨田三八が無念そうに答えた。

「そうか、寒河江先生は亡くなられたか」

「寒河江先生がご健在ならば、われらかように苦労は致しませぬ。寒河江先生は御嶽十郎左衛門様とも入魂の間柄、釣り仲間にして酒友であったものな。こたびの一件も必ずや御嶽様が動かれて、われらの主導者として門閥派を蹴散らされたであろうに」

「十兵衛、詮無《せんな》きことを言うでない」

と三八が言った。

「国許の親保雅様派とは名ばかり、ひよっこ侍の集まりか」

と思わず小籐次が呟いた。

「赤目様、たしかにわれらひよっこ侍、力不足は否めません。ですが、藩主保雅様を思い、慕う姿勢はどの家臣にも負けませぬ。赤目様、どのようなことでもお申し付け下さい」

と唐次郎が自らの力不足を認めて、小籐次に願った。

「まず、なんとしても保典様の行方を突き止めることが先決。門閥派に保雅様の嫡子を人質にとられてはどうにも手が出せぬでな。どこぞに幽閉されておるのは確かなのだ。突き止めてくれ」

「赤目様は簡単に申されますが、城中におられる様子はなし、領内といってもそれなりに広うございましてな。今一度捜索をと申されてもどこから手をつけてよいか分りませぬ」

と頼りにしてよいのかどうか、今一つ信がおけなかった。

小籐次はしばし腕組みして考えた。

藩主の嫡子をどこに隠すにしろ、国家老ら限られた家臣にしかその場所は教えられておるまい。なにかあったとき、保典に会う人物は小埜文左衛門周辺の者ということになる。

「国家老小埜文左衛門の腹心の家来はだれか」

「軍師とか知恵袋と称しておるのは大目付《おおめつけ》奥村勝倖様じゃな。それに武闘派の頭分が二刀無人流の道場主成瀬彦兵衛様かのう」

と十兵衛が小籐次の問いに応じた。

「大目付奥村の動きをそなたら、探ったか」

「いえ、それは未だ」

「よし、昼となく夜となく大目付に絞って、この者の行動を探れ」

と小籐次が命ずると十兵衛が、

「畏まりました」

と答え、

「成瀬様と奥村様の間の連絡掛を小埜新五郎が果たしております。新五郎を見張るのも面白いかと存じます」

と言い出した。

「よし、おぬしらを二つの組に分けて、大目付奥村と小埜新五郎の動きを見落とすな」

小籐次の命に十兵衛らが早速作戦会議を始めた。

「赤目様、それがし、どういたしましょうか」

欣也が小籐次の指示を仰いだ。

「そなたはそれがしの案内人であろう」

「赤目様、どこぞに行かれる予定がございますか。もっとも、日中出歩いては門閥派が騒ぎ立てます。行動は日が落ちてからにございますな」

「まず腹が減った。朝餉を食したい」

と小籐次が願うと、冨田三八が、

「赤目様は年寄りだ。寺の粥《かゆ》で足りるかもしれんが、われらは食うたそばから腹が減って腹が減って」

と嘆いた。

「冨田三八というたか、そなた、いささか集中心を欠いておるぞ。それがしの朝餉など気に致すでない」

と小籐次に叱られ、ぺこりと頭を下げた。

「禅寺の食事は質素なものにございます。腹いっぱいと申されるならば城下に出るしかございませんが、門閥派の目に留まりましょう。夕刻まで我慢して下され」

「欣也どの、いささか考えもある。のちほど城下探訪に出かけようかな」

と小籐次が次直を手に立ち上がると、

「本気にございますか」

と欣也が尋ね返したものだ。

二

小籐次と欣也が粋禅寺を密かに抜け出ようとしたとき、小籐次はお薗に呼ばれだった。住職の笙然老師に引き合わされ、藩主保雅との若き日の付き合いを語るためだった。

小籐次が語る品川の騒ぎを聞いた笙然は、

「殿にそのような野放図な時代があろうとは、拙僧努々考えもしませなんだ。じゃが、赤目様の話を聞いて、得心したこともござる。若き日に妾腹の苦労をたっぷりと身に沁み込ませてこられたのが、ただ今の松野藩藩政に役に立っておることと感じ入りました。赤目様、いや、よい話を聞かせて下された」

と感謝した。

「老師、よい話とおっしゃるが、腹っぺらしが集まって大人の悪さを真似ていただけにございますぞ。とはいえ、保雅様もそれがしも本物の悪になりきれず、品川宿を大騒動に巻き込んだのでござる」

「その騒ぎの最中、在所からかどわかされてきた娘らを助けられた」

と老師が言い、

「笙然様、慈妙寺助三郎らがそのような謀反を企んで、先代を亡き者にしようと毒を盛っていたとはなんとも腹の立つことにございますな。今思い起こせば、先代が早死になされたのは、この折、毒を盛られたことと無縁ではありますまい」

とお蘭が笙然老師に応じて、話柄を転じた。

「いかにもいかにも」

とお蘭に応えた老師が、

「殿がこたびの騒ぎの収束を赤目様に願われたのは、品川の騒ぎが念頭にあったからでしょうな」

「むろんのことですぞ、笙然様」

「お蘭様、赤目様が亡き御嶽五郎右衛門様をじかに知っておられるのは大きい。きっと役に立つ」

と笙然が言い切り、

「赤目小籐次様、殿の襲封以来の藩政がいかにあるか、とくとご覧下され。その上で保典様をなんとしても助け出し、門閥派を懲らしめて下され。清き流れには魚が棲《す》み難いなどという分家と国家老の主張は以《もっ》ての外。己の私利私欲のみを考える勝手な言い草、なんとも許し難い」

と笙然が言い切り、お蘭が頷いた。

寺詣りに来た体のお蘭一行を粋禅寺から送り出し、間をおいて小籐次と欣也の二人が寺の裏口から城下町に出たのは、昼前のことであった。

譜代大名松野藩六万石は、その昔、府中、深志、深瀬と呼ばれていた地方だ。この地が松野と改められたのは天正年間《てんしょう》（一五七三〜一五九二）で、小笠原旧領を回復した小笠原貞慶《さだよし》によってであった。

天正十年（一五八二）七月、深志城に入った貞慶は、戦国大名として領地と城下形成に着手した。

徳川治世に入ると石川数正《かずまさ》が安曇、筑摩《ちくま》二郡一円八万石を安堵されて入封し、貞慶のあとをうけて松野城の造営と城下町の整備を行った。

さらに小笠原、戸田松平、松平、堀田、水野と譜代、親藩が代替わりして、享《きょう》保《ほう》十一年（一七二六）三月、松平光慈《みつちか》が六万石で松野に入って藩政が定まった。

もう少し先のことになるが、文政八年（一八二五）三月には光慈入封百年を迎え、松平の松野仁政百年を祝うことになる。保雅が藩主に就いたあとのことで松野藩政は頂点に達していた。

そんな中での分家と国家老の謀反であった。

行く手に松野城の大天守が見えてきた。

城は烏《からす》城とも呼ばれ、家臣と領民の誇りであった。

小籐次が欣也の案内で歩く文政期の城下の戸数は、およそ二千二百余軒と言われ、藩全体の総戸数は二万五千余軒、領民十二万余を数えた。

「なかなか立派なご城下じゃな。羨ましいかぎりじゃ」

と嘆息する小籐次に、

「羨ましいとはどういうことにございますか」

と欣也が尋ねた。

「わが旧藩の森藩久留島家は城なし小名でな、久留島家の代々の殿様は城を持つことをどれほど夢見てこられたか」

「そうでございましたね。赤目様が御鑓拝借の勲しを立てられたのも、江戸城中の詰めの間で藩主久留島通嘉様が小城藩主方にからかわれたのが発端であったと聞き及んでおります」

小籐次と欣也はいつしか御堀端に出ていた。

御堀の水面《みなも》には、五層六階の大天守と三層の乾《いぬい》小天守が影を映し、水面から石垣へと視線を上げていくと、雪を頂く山並みを背景に真の二つの天守が聳《そび》え立つ光景は壮観の一語であった。

野面《のづら》積みの石垣と黒漆《くろうるし》塗りの下見《したみ》板《いた》をめぐらした松野城の外観が、烏城と呼ばれる所以《ゆえん》でもあった。

欣也も御用を忘れて、ついわが松野城に見入っていた。

小籐次は二人を驚きの目で見つめる家臣がいることに気付いていた。予測された事態だった。

「欣也どの、そろそろ案内してくれぬか」

「案内とはどちらにでございますか」

欣也が問い返した。

「二刀無人流成瀬彦兵衛道場によ」

「えっ」

欣也がその言葉に御用を思い出して緊張したか、きょろきょろと辺りを見回した。

「欣也どの、すでに最前から門閥派と思える人士にわれらは見張られておるわ。そうきょろきょろとするものではないぞ」

「えっ、見張られておりますので」

欣也の五体が強張《こわば》り、無意識の裡《うち》に刀の柄に手をかけようとした。

「要らざることはおよしなされ。それよりそれがしを成瀬道場に連れていってくれぬか」

「どうなさるおつもりで」

「敵情視察よ」

「敵情視察などと呑気《のんき》なことではすまされません。本気にございますか」

「赤目小籐次、冗談など言うものか」

欣也が小籐次の顔をじっと見ていたが、

「ではこちらへ」

と歩き出した。

門閥派の戦闘部隊、二刀無人流成瀬彦兵衛道場は、松野城東の御堀端からほど遠からぬ武家地にあった。片番所付きの長屋門の向こうから、熱心に木刀や竹刀《しない》で打ち合う音が響いてきた。

門閥派も江戸藩邸から保雅の使者が潜入したという知らせに緊張したか、稽古に険しい雰囲気が感じられた。

「赤目様、あれが成瀬道場です」

「成瀬どのは松野藩家臣かな」

「いえ、国家老小埜様の先代が雇われた小埜家の家来にございます」

「陪臣か」

「はい。ですが、二刀無人流の腕前、衆に優れておるとかで、いつしか城下にこのような道場を構えられ、近頃では藩道場の趣きさえ見せて、数多《あまた》の家臣が通っておられます」

と答えた欣也が、

「赤目様、参りましょう。あっ、道場から門弟らが飛び出してきましたぞ」

と慌てた。

「まあ、いつかはこうなったであろうな」

と長閑《のどか》に答えた小籐次が、

「ついでじゃ、稽古も見物させてもらおうか」

と欣也に言い残すや、さっさと門を潜ろうとした。するとおっとり刀で飛び出してきていた門弟らが、
ぎくり
と足を止めた。その中の一人が、

「赤目小籐次か」

と尋ねた。

「いかにもさよう」

「何用あって成瀬道場の門を潜るか」

「道中、松野城下に成瀬道場ありと聞いたでな、見物に寄せてもろうた」

「戯けたことを」

と応じて木刀を突きつけたが、欣也の姿を認めて、

「古林欣也、そなた、江戸参勤の身ではないか。なにゆえかような時に城下におるか」

「奈留目《なるめ》師範、それがし、赤目様の道案内にございましてな。それ以上のことは答えられません」

と欣也は答えると、

「赤目様、そろそろお暇をしませぬか」

と願った。

「いや、折角のことじゃ、成瀬道場の稽古を見物させてもらいたい」

小籐次が木刀を突きつけた師範の奈留目らの前に向うと、

「おのれ、なめくさりおって」

と奈留目がいきなり片手殴りに小籐次の肩口に木刀を叩きつけてきた。

そより
と小籐次の五尺余の体が大胆にも木刀の下に入り込み、奈留目の木刀を持った右腕を下から、
ほいっ
と突き上げると、相手の体は虚空に両足をばたつかせて浮かび、したたかに石畳に背中を打ち付けて悶絶した。

さながら、曲がりくねった路地に風が戦《そよ》ぎ、軒下に吊られた風鈴をひっそりと鳴らしたような自然の動きだった。

立ち竦む門弟らを分けると小籐次は、

「ご免なされよ」

と式台前に草履を脱いで道場に上がった。

慌てて欣也が従い、門弟衆は気絶した師範を囲んだ。

「ご免」

再び道場の入口で声を発した小籐次は、腰から次直を抜くと右手に下げた。
七、八十畳はあろうかと思える板の間で、三、四十人の門弟らが熱心に打ち込み稽古をしていた。

入口に立った小柄な影に気付いたのは一人の門弟で、打ち込みを止めて小籐次を、そして、欣也を見た。

「そなたは古林欣也どの」

と若い声が呟いて、稽古相手が、

「古林欣也、何用あって成瀬道場に姿を見せたか」

と大声を発したので、打ち込み稽古の面々が一斉に動きを止め、壁際に下がる者もいた。

ために小籐次らのところから神棚がある見所《けんぞ》が見えた。

一段高くなった見所からは四人の者が稽古を見物しており、見所前には壮年の巨漢が竹刀を手に立っていた。二刀無人流の成瀬彦兵衛だろう。

「なんの騒ぎか」

と巨漢が問い質した。が、だれも答えない。

「師範はどうした」

さらに成瀬が、だれにともなく質した。すると小籐次らの背後から、

「成瀬先生、師範は赤目小籐次に不覚をとられました」

「なにっ、奈留目が不覚をとったと。この者が赤目小籐次か」

と応じた成瀬が小籐次を睨み付けた。

「それがしの名が松野城下に知れ渡っておるとは、夢想だにしなかった。そこもとが成瀬どのじゃな。本日は松野城下参上の挨拶に参っただけにござる、稽古を中断させてもならじ、どうか続けて下され」

と小籐次が応じると、

「赤目小籐次、許し難し」

と見所から立ち上がった武芸者風の侍がいた。明らかに松野藩の家臣でないことは、殺伐とした風貌と派手な陣羽織を着込んでいることで知れた。

「そこもとはだれか」

小籐次が見所に仁王立ちに立つ武芸者を睨んだ。

「元金沢藩士、ただ今は松野藩藩道場客分、神州信影陰流《しんしゆうしんかげ》相馬又兵衛無庵」

と名乗ると、高さ一尺余の見所から道場の床に飛び下りた。

身丈は五尺七寸余か。だが、四肢も胴も胸回りも大きく、三十貫はあろうかという小山のような体が床に飛び下りても、床は軋《きし》み音一つ立てなかった。

「加賀藩に禄を得ていたと申すか。流れ者の武芸者が見栄を張って用いる手かな。大方、金沢に少しばかり逗留したほどの縁であろう」

「ぬかしたな。わが父は馬廻組頭《うままわりくみがしら》を務めておられたわ。じゃがいささか事情があって退転致した」

「父御はいかにも加賀様から禄を食んでおられたやもしれぬ。じゃが、そなたには関わりなきこと。それを尤《もっと》もらしく元金沢藩士と名乗るなど、そなたの心根は賤《いや》しいのう」

「おのれ、言わせておけば。許さぬ」

と派手な陣羽織を脱ぎ捨てようとする相馬に、

「相馬又兵衛どの、酔いどれの策に乗ってはならぬ。そやつの企てが知れるまで、放っておかれるがよろしかろう」

成瀬彦兵衛が客分の相馬に忠言した。

「成瀬先生、江戸ではかような者が持て囃《はや》される軽佻浮薄《けいちょうふはく》な流行りがござってな。なあに実態はこけおどしに過ぎませぬ。こやつの血で道場を汚しますが、お借りしますぞ」

と言い放った相馬が悠然と陣羽織を脱ぎ捨て、

「小弥太、わが佩刀を持て」

と喚いた。すると見所の傍らに控えていた小童《こわっぱ》が朱塗りの鞘の、重《かさね》の厚い刃と思われる刀を差し出した。こちらの前髪立ちはひょろりとした若衆だった。

「どうなされます」

欣也が小籐次に小声で尋ねた。

「致し方あるまい。信州松野城下に参上の挨拶、爺の来島水軍流をご披露申そうか。いささか相手に不足じゃがな、欣也どの」

小籐次が破れ笠を被ったなりで、二刀無人流成瀬道場の真ん中に進んだ。すると道場に残っていた門弟衆がざわざわと板壁に寄り、立ち合いの場を広げた。

相馬が悠然と朱塗りの大刀を腰に差し落とすと、小弥太と呼ばれた稚児がなぜか径の太い木刀を持ち出して、相馬の背後に控えた。

「まずは腕慣らしを致せ」

と呟いた相馬の声に、稚児がいきなり背後から太い木刀で相馬に打ち掛かったではないか。

道場の門弟衆が思わぬ展開に驚きの声を上げた。

相馬又兵衛が片足を軸足にくるりと機敏に反転し、同時に腰間《ようかん》から豪快な抜き打ちで木刀に合わせると、赤樫《あかがし》の太い木刀が、
すぱり

と両断されて道場の床に転がった。

「おおっ、さすがは相馬先生じゃ。あの太い木刀がまるで大根でも切るがごとくに二つになったぞ」

「やはり修羅場を潜られた武芸者は違うな」

などと門弟らが言い合った。

「ふっふっふ」

道場に笑い声が洩れた。

「だれか」

相馬又兵衛が振り向くと、禿げ上がった額に大目玉、団子鼻の大顔がなんともうれしそうに破顔していた。

「武芸者の技を蔑むや」

「そなた、武士の出ではないな。差し許す、この場から立ち去れ」

小籐次が言い切った。すると相馬の顔が朱に染まり、抜き放った豪剣を上段に構えた。

「命を粗末にするでない」

「問答無用」

相馬は上段の剣をさらに頭上に突き上げるように立てた。

「致し方なし」

小籐次の腰が沈んだ。

小柄な体がいよいよ床に吸い付くように下がり、相馬又兵衛の頭上の豪剣が小籐次を射竦めたように見物の衆には思えた。

間合いは二間半。

一呼吸二呼吸あって、

「おりゃ！」

と裂帛《れっぱく》の気合いが成瀬道場に響き渡り、小籐次を真上から踏み潰すように相馬が走り、突き上げた豪剣を振り下ろした。

後《ご》の先《せん》。

低い姿勢の小籐次の身が相馬の刃の下に踏み入り、欣也が悲鳴を上げた。

次の瞬間、小籐次の腰間から次直が鞘走《さやばし》り、相馬の殺気を感じながらもその脇腹から胸に斬り上げていた。

小籐次の次直が相手の左肩に抜けたとき、小山のような相馬の体が動きを止め、ぐらりと揺れ、それでも相馬はその場に二本足で立つ意地を見せた。だが、それも数瞬のことで、前のめりに小籐次の体の前に崩れ落ちた。

「来島水軍流正剣二手流れ胴斬り」

の呟きが小籐次の口から洩れて、するすると出口に下がり、それに気付いた欣也が従ってきた。

だが、成瀬道場のだれ一人として動けなかった。

三

城下町に木を削る鉋《かんな》の音が長閑に響いていた。

松野は家具の城下として近隣に知られていた。それは安土桃山時代の天正十年、深志城建設のためこの地に集まった職人衆の多くが松野に残り、武士や町人の生活用品の家具を造り、暮らし始めたからだ。

この職人集団を藩が庇護《ひご》して、

「松野の家具は末代ものよ、壊れずいたまず、家栄え」

と評判になり、木工や鍛冶《かじ》など職人町を形成していた。

小籐次と欣也は松野城下の北側にある職人町に紛れ込み、小走りを止めた。成瀬道場から追っ手がかかるとも思えなかったが、警戒して小走りに道場から遠ざかったのだ。

「ふうっ」

と大きな息を吐いた欣也が、

「赤目様といると胆《きも》が縮みます」

と恨《うら》めしそうに小籐次を見た。

「欣也どの、喉が渇いたな」

「それがしも口の中がからからです。どこぞで水を所望しましょうか」

「水な、できることなら酒を飲ませるところを知らぬか」

「赤目様は酒にございましたね」

欣也はしばし考え、職人町の辻を曲がって歩き出した。

小籐次はあとに従う者の気配を感じながらも、欣也に誘われて狭い路地に入っていった。

路地の向こうに、頂に雪を残した山並みが光っていた。

料理屋を名乗るにはいささかおこがましい川魚と酒と飯の暖簾を下げた店は、

職人町の外れ、遠くに奈良井川の流れを望む場所にあった。

「子供の頃、お婆様が爺様の墓参の帰りにそれがしを連れてきて、飯を馳走してくれました。その折、お婆様が酒を注文して飲まれたのを見て、子供心に驚いた記憶がございます」

「ほう、お婆様はわしと同じく酒好きであったか」

「爺様は酒が嫌いで、お婆様は存命のとき、酒を我慢なされたのでしょう。店を出るとき、お婆様は酒を頼んだことは屋敷では内緒にな、と釘《くぎ》を刺されました」

欣也が幼い頃の思い出を小籐次に告げたあと、許せ、と声をかけて川魚料理の店に入っていった。

入れ込みの板の間に囲炉裏が切られて、火が燃えていた。板戸が上げられ、風と光が板の間に入ってきた。

昼餉の刻限を過ぎているせいか、客はいなかった。

小籐次と欣也は囲炉裏端に座して、酒と名物の岩魚の塩焼きを注文した。

すぐに地酒が運ばれてきた。添えられた酒器は大ぶりのもので、小籐次の手に馴染んだ。

「もそっと大きな器に替えてもらいましょうか」

「いや、これでよい」

欣也が徳利から小籐次の器に酒を注いでくれた。だが、自らは酒器を伏せ、水を所望した。

小籐次はなにも言わず、

「頂戴致す」

と呟くと口に含んで、

「なかなかの風味かな。お婆様が墓参の帰りに飲みとうなる気持ちがよう分る。お婆様が身罷られて何年になるな」

「それがしが殿に従い、江戸に出るひと月前のこと、三年前になります」

「お婆様の供養に酒を楽しもうか」

二口目を口に含んだとき、小籐次らの他に客のいない川魚料理屋に、鳥追い女が三味線を小脇に入ってきた。

小籐次が見るともなく見た女が三味線を上がり框に置き、菅笠の紐を解いて脱ぐと、

「酔いどれの旦那、待ちくたびれましたよ」

と訴えた。

「甲州道中のあちらこちらに見張り所があるでな、迂回して城下に入ったゆえ日数がかかった」

小籐次の傍らに草鞋の紐を解いたおしんが腰を下ろした。

「あ、赤目様、お、お知り合いにございますか」

欣也がおしんの美貌に釘付けになり、慌てて質した。

「味方じゃ。じゃが、身許は詮索《せんさく》せぬほうがよかろう。公になれば松野藩が迷惑を蒙《こうむ》るでな」

と小籐次が答え、

「内藤新宿を出るとき、連れがあるなど教えて頂きませんでした」

と欣也が恨めしそうに言った。

「欣也どの、おしんさんじゃ」

「古林欣也様にございましたね。おしんにございます」

欣也はおしんにどう応じてよいか分らぬ風で、ただ頷いた。

「欣也どの、そなたの杯を借りようか」

欣也が伏せた酒器をおしんに持たせて、

「松野城下で無事に再会を果たしたでな」

と酒を注いだ。

「一杯だけ酔いどれ様のお酌で頂戴します」

と両手で酒器を持ったおしんが一口舐《な》めるように飲んで、

「相変わらず派手なご挨拶ですね」

と小籐次の成瀬道場訪問に触れた。

「ああでもせぬと、わしが松野に到着したことがおしんさんに知れぬでな」

「なにもわざわざ赤目小籐次の松野参上を告げに敵方の本拠地に乗り込み、刺激することもありますまいに。旅籠の軒下に竹とんぼが差し込まれた破れ笠を下げておいて下されば、その日のうちにこちらから顔を出しましたよ」

「それがな、われらの潜伏先は寺町でな。粋禅寺という寺なのじゃ」

「お寺様でしたか。ともかく今頃門閥派はいきり立っておりましょうね」

とおしんが笑った。

「おしんさん、保典様の行方は摑めたか」

「それですよ。城内と城下はあたりましたが、どこにもその様子がないのです」

「鳥城の内蔵にも押し込められておらぬか」

「まず城内をあの手この手で調べましたが、その様子はございません」

とおしんが言い切った。

欣也は二人の会話にただ驚きの表情で聞き入っている。

「中田新八様は、城下から領内に探索の輪を広げておられます」

「おしんさんは、それがしに連絡《つなぎ》をつけるために城下に残られますか」

「ひょっとしたら城下に見落としがあるやもしれぬと、二手に分れました。あれこれ考えを巡らし探ってはいるのですが、なかなか網に掛からなくて。赤目様のお知恵を借りようと、こちらから参上致しました」

「知恵というても、こちらもなにも浮かばぬ」

小籐次は酒器に残った酒を飲み干した。

「江戸藩邸の親保雅様派が頼りになさる御番衆総頭の御嶽十郎左衛門様ですが、こちらの隠棲先は分りました」

「そうか、御嶽十郎左衛門様とお目にかかることができるか」

「ただし御嶽様は療養中と称されて隠棲先からじいっと動かれず、面談はだれも叶いませぬ。親保雅様派、門閥派のどちらも連絡をつけている様子はございませぬ」

「おしんさん、なぜ御嶽様は動かれぬのかのう」

「慎重居士とみえて、こたびの騒ぎにまったく意思を明らかにされておりません。松野の隠れ親保雅様派の間には、十郎左衛門様は親父様と違い、腰抜けじゃという噂も流れ始めております」

「それは違います」

欣也がおしんの言葉に異論を唱えた。

「御嶽様は殿のご信頼の厚いお方にございます。きっと深い考えがあって、逼塞《ひっそく》しておられるのです」

「どうやらわしが知る五郎右衛門様とは気性が違うようじゃな」

とおしんが新たに注いでくれた酒を口にした小籐次が、

「信頼の厚い御番衆総頭が保雅様の江戸参勤に同行しなかったのはなぜかのう、欣也どの」

と尋ね返した。

「はて、それは」

「おしんさん、どうか」

小籐次の視線が一杯の酒に上気したおしんに向いた。

「保雅様は参勤を前に、門閥派の蠢動《しゅんどう》を察しておられたのではございませぬか。

そこで、全幅の信頼を寄せられる御嶽十郎左衛門様を松野城下に残されたとは考えられませぬか」

「一案じゃな」

「保雅様が江戸に出立されたあと、御嶽十郎左衛門様は殿の勘気を蒙り、お側から遠ざけられたという噂が城下に流れたそうな」

「そのようなことがございましょうか」

欣也がおしんの探索に再び異議を唱えた。

「おもしろいことに、その噂の出処を探りますと、御嶽様周辺から流された気配がございますので」

「ほうほう、御嶽様はなんぞ起こるのを待っておられるか。待てよ、保典様が昨秋、大水見舞いに松野領内に入られたとき、御嶽様と保典様は会われたのであろうか」

と小籐次が疑問を呈した。

「会われた、会うことができなかったという二つの説が城下に流布《るふ》しております。保典様が行方を絶たれたのは、城下に入る前日、東千国道の佳諒院という松平家と所縁《ゆかり》のある寺に立ち寄られた直後とか。その日、その佳諒院に御嶽十郎左衛門様が密かに入っておられたという噂がございます。その三月後に、御嶽様は引き籠られました」

数日前に松野城下入りしたというおしんの探索はさすがに詳しかった。

小籐次はしばし沈思した。

「御嶽十郎左衛門どのが身動きがつかぬのは、やはり保典様の行方が摑めぬゆえかのう」

「私どもがこれほど歩いても影さえ踏めぬのは、門閥派がこの一件を限られた者の間で秘密にしているゆえか、それと今一つ嫌な噂が流れております」

「すでに保典様を亡き者にしたということか」

ひえっ、と欣也が悲鳴を上げた。

そこに女衆が瑞々《みずみず》しい笹を敷いた竹笊に岩魚を乗せて現れ、囲炉裏の火の周りに竹串に刺さった岩魚を立て、炙《あぶ》り始めた。

三人はしばし沈黙し、女衆の仕事を見ていた。

「酒をお持ちしましょうか」

女衆がおしんに尋ねた。

「二本ばかりお願い」

女衆が囲炉裏端から消えた。

「おしんさん、真相はいかに」

「こうも行方が知れませぬと、そのような噂が流れてもおかしくはございません。されど門閥派にとっても保典様は大事な人質、そう簡単に手をかけるとも思えませんがね」

「であろうな」

おしんは新たに運ばれてきた徳利の酒を小籐次に注いだ。

「正直手詰まりにございまして、中田様の探索の成果を待っているようなわけにございます」

とおしんが申し訳なさそうに答えた。

「なんぞ手だてを考えねばなるまいな。池が静かなときは、石を投げ込むのも一つの策」

「すでに赤目様は門閥派の池の一つを掻きまわされましたよ」

「あれでは波紋が立つ程度で、騒ぎになるかどうか」

「赤目様、なんぞあれば粋禅寺に連絡をつけます」

と言ったおしんがふいに囲炉裏端から立ち上がった。

「欣也どの、おしんさんを見送りなされ」

小籐次に命じられた欣也が訝しげな表情ながらも素直に従った。

二人が消えた囲炉裏端のおしんが座っていた座布団の下から、紙片が覗いていた。

小籐次は紙片を抜くとおしんの残した文面に目を留め、囲炉裏の火にくべた。その紙片が燃え尽きた頃、欣也が戻ってきた。

「赤目様、おしんさんは何者にございますな」

「知らぬほうが松野藩のためと申したぞ」

「殿もご存じないことにございますか」

「いや、保雅様には言うてきた」

「そうですか。殿はご存じですか」

と呟いた欣也が、

「これからどうなされますか」

「まず酒を飲み干し、頃合いに焼けた岩魚を食して、この囲炉裏端でひと休み致そうか」

「そのように悠長なことでようございますので」

「動きがつかぬときは、じいっとしているしかなかろう」

動じる風もなく小籐次は竹串の岩魚を摑んで齧《かじ》りついた。


日が落ちた城下外れを小籐次と欣也が歩いていた。日が落ちたせいか、急に気温が下がり、川魚料理屋で借り受けた提灯を持つ欣也が首を竦めた。

「そなた、松野生まれであろう」

「極寒の冬より春先の寒さが身に応えるのです」

「わしは酒のせいか、歳のせいか、暑さ寒さは感じられぬ」

「赤目様は格別です」

と欣也が言い放ち、

「田川と奈良井川の合流部などに、なにがあるというのです。あそこは夏の間に城下の子供が水遊びに行くところです」

「景勝の地じゃな」

「景勝もなにも、闇夜ではなにも見えません」

「流れの一つが奈良井川に合流する土手上に、望峯庵なる隠宅があるそうな」

「望峯庵ですか。そのような庵《いおり》があったかな。赤目様、この松野にどなたか知り合いがおられますので」

「会うたことはないがな」

二人の行く手にせせらぎの音が響いてきた。

前方から野良帰りの男女が歩いてきた。女房か、二人を見て怯《おび》えた顔で足を止めた。

「すまぬ、驚かしたか。ちと、ものを尋ねたい。この界隈に望峯庵なる庵はないか」

「そりゃ、三、四丁川を下った竹林の中にあるがよ。だが、あそこには近付かないほうがいいだよ、お侍」

「なぜだな」

「家中の方に加えて、野良犬みたいな剣術遣《やっとう》いが見張っているだよ。ま、まさか、おまえ様方は仲間ではあるめえな」

小籐次は、女房が怯えた表情を見せたのはそのせいかと合点した。

「心配致すな、その仲間ではない。じゃが、給金次第では仲間に加わってもよいかと出てきたところだ」

「見れば爺様に若侍じゃねえか。斬った張ったの歳じゃあんめえ。止めておきなされ」

と百姓が言い残し、去って行った。

「欣也どの、ここからは提灯の灯りを消していこうか」

「なにをなさる気です」

「年寄りには黙って従うものじゃ」

欣也が提灯の灯りを吹き消した。

竹林に囲まれ、望峯庵の灯りが微《かす》かに見えた。竹林の出入り口は一つか、人の気配がした。御嶽十郎左衛門が療養と称して隠棲する庵を見張る門閥派の影であろう。

「はて、どうしたものか」

自問する小籐次に欣也が尋ねた。

「あの灯りの主はどなたです」

「御嶽十郎左衛門様の隠宅よ」

「えっ、いつそのようなことを調べられました」

「最前、おしんさんが伝えていかなかったか」

「そのような様子はございませんでした」

「おかしいな」

と笑う小籐次にこのことを伝えたのはお薗であり、おしんが残した書付けだった。

「赤目様は御嶽様と面談なされるのですか」

と質した。

「御嶽十郎左衛門様がどう考えておられるか確かめぬことには、こちらも迂闊に動くことができまい。もし門閥派に与《くみ》しての隠棲となれば、こちらもなんぞ策を立てねばなるまいからな」

欣也がしばし門閥派の人影を見ていたが、

「あやつらは、それがしが引きつけます」

「できるか」

「古林欣也、これでも家中でいちばんの走り手でございます。それにこの界隈の地理には横目なんぞよりよっぽど詳しゅうございます」

欣也は見張りの人影の見当がついたのか、そう言い残すと小籐次に提灯をわたして姿を消した。

四

小籐次は竹林に潜り込むと笹を踏みしめながら、灯りが障子ごしに洩れる望峯庵に近付いた。

書見でもしている風の人物に小籐次の気配が伝わったか、影が静止した。

「何奴か」

透き通った声が誰何《すいか》した。

三十余年前、小籐次と保雅はかような状況を経験していた。小籐次は既視感の中に過ぎ去った歳月を思った。

「保雅様の使いにござる」

「殿の使いとな」

障子の向こうの影が沈思した。

長い時が過ぎ、

「入れ」

と許しがあった。

小籐次は破れ笠を脱ぎ、沓脱ぎ石に置くと、腰から次直を抜いて利き腕の右手に下げた。利き腕を封じたことで相手に危害を加える人物でないことを知らせようとしたのだ。

「失礼仕る」

障子を開くと、六畳ほどの座敷に主が火鉢を傍らに書見台に向っていた。着流しに袖なしの綿入れを着た主は、小籐次が一度だけ面会した人物と体付きも年回りも相貌も似通っていた。ただ、父親はしわがれ声であったが、倅は透き通った声の持ち主だった。

書見台の傍らには黒鞘の刀が置かれてあった。

小籐次は、小籐次より六、七歳年上と思える御嶽十郎左衛門に会釈をすると座敷に上がり、敷居際で平伏した。

「家中の者ではないな」

「ございませぬ」

「殿の使いというたが、しかとさようか」

小籐次は江戸を出て以来、湯に入るときも手近においてきた書状を十郎左衛門に、

「まずは保雅様の書状を」

と差し出した。

警戒の眼差《まなざ》しを保ったまま、十郎左衛門が書状を受け取り、宛名の筆跡を確かめ、

「殿」

と呟き、両手で書状を捧げるとしばし瞑目《めいもく》した。そして、両日を静かに開いて封を開き、保雅の書状を黙読し始めた。

どれほどの時が過ぎたか。沈黙したまま控える小籐次を十郎左衛門が見た。その瞬間、厳しかった十郎左衛門の顔が和んだように見えた。

さらに書状を最後まで読み通し、再び冒頭から熟読した。

「ふうっ」

という吐息が洩れて、十郎左衛門が書状を丁寧に畳んでいった。

「赤目小籐次どの、そなた、父を承知とはのう」

と言いかけた十郎左衛門の声音には懐かしさが溢れていた。

「ご尊父五郎右衛門様にお目にかかったのは、ただの一度にございます」

「その折も、松野藩は危急存亡のときであった」

十郎左衛門の呟きに小籐次は答えない。

「そして、今また松野藩の獅《し》子《し》身中《しんちゅう》の虫どもが蠢動しておる」

と言葉を重ねた十郎左衛門が、

「赤目どの、殿がそなたに願われたことはなんじゃな。ただの使いではあるまい」

小籐次に託された命が書状に記されていなかったか、いささか驚いた。いや、十郎左衛門は未だ小籐次を信頼せず試しているのか。

「一に保典様のお身柄を確保すること」

「二番目の任務、ありやなしや」

「国家老小埜文左衛門の始末」

「門閥派の首魁の始末な」

と小籐次の最後の言葉を繰り返した十郎左衛門が、

「大名四家を向こうに回して行列の御鑓先を奪い取った赤目小籐次どのならば、できぬことではあるまい」

「はて、あの折は四家とも道中の最中、こちらの奇襲に攪乱《かくらん》された相手方が自滅したともいえましょう」

「よう言うわ。小金井橋の能見一族十三人斬りでは、敵方が準備万端整えた敵地に乗り込んでの戦いであったと聞いておる」

「はて、どうでしたか」

と小籐次はとぼけた。

「まさか殿と赤目小籐次どのが竹馬の友とはのう。さすがに父も言い残すことはなかったわ」

「天明七年の昔、保雅様がまさか譜代大名六万石の当主の座に就かれようとは、だれも考えてはおりますまい。われらが放埓な時代を共有した時が終わり、お互い別々の道を歩き、生涯七人の仲間が再会するなどあるまいと思うておりました」

「殿は家中の者ではのうて、そなたに助けを求められた。わが父もかようなことが起ころうとは夢想だにしておられなかったであろう」

「ために五郎右衛門様は、保雅様の放埓な時代を胸に仕舞って身罷られた」

「ということか」

「さて、御嶽様、それがし、保雅様の命を遂行してようございますか」

「国家老小埜文左衛門だけを始末しても、松野藩の百年の大計は定まるまい。また何年か後に新たな騒ぎが起ころう」
「御嶽様はどうせよと言われますな」
「分家光豊様とご一族の血を絶つしか、この騒ぎの原因を根絶やしすることは無理にござろう」
「血は血の報復を呼ぶものにござる」
「ゆえに殿は赤目小籐次どのを始末人に立てられた」
「保雅様は、それがしに分家の始末も言外に頼まれたと言われますか」
「それがしは、赤目小籐次どのの松野入りをそう読みました」
「御嶽様、そなた様は二月か三月前、分家光豊様、国家老小埜様と対面なされたというは真にございますか」
「真にござる」
「して、その場の話はどのようなものにござろうか」
「赤目小籐次どの、話しとうはござらぬ」
「家中の騒ぎ、余所者《よそもの》には話せぬと」
「そう受け取られてもよい」
「御嶽十郎左衛門様の行動を、江戸藩邸の親保雅様派は大いに頼りにしておられると聞いておる。そなた様はいつこの願いに応えられるのでござるか」

小籐次の詰問に十郎左衛門が沈黙した。長い沈黙だった。

「赤目どの、それがし、父と違うて胆の太さは持ち合わせてはおらぬ。この庵に籠ったのも門閥派の企《たくら》みにうんざりしてのこと」

「騒ぎが自然に静まると思われてか。熟した柿を鳥が突《つ》くように門閥派が動いておるとは思われませぬか」

「はてそれは」

と答えた十郎左衛門がしばし沈思し、

「鳥が突かずとも、熟した柿はいつしか枝を離れて地面に落ちよう」

と言った。

「落ちた柿の種が再び芽吹き実を生《な》らせるには何十年の時を要しますぞ」

「致し方なきこと」

と本心かどうか十郎左衛門が答えた。

座を再び沈黙が支配した。

「余所者のそれがしが宮芝居の役者のように馬鹿騒ぎしたところで、松野藩の騒動は鎮まりませぬ。これは確かなこと」

十郎左衛門は答えない。

「御嶽様、そなた様がこたびの江戸参勤に加わらなかったのには理由がござろうか」

「藩内の都合にござってな。またいささか体を患うて殿に随行致しても江戸勤番の御用に役に立つまいとの判断もござった」

「して、ただ今のお加減は」

「だいぶようなった」

「それは重畳《ちようじよう》」

と答えた小籐次は、亡父の五郎右衛門と違って本心を見せぬ十郎左衛門の態度をいささか持て余していた。

(どうしたものか)

と想い迷う小籐次の五感に警告が響いた。

何者かが庵に接近していた。

(欣也か)

だが忍び寄る影は複数だった。

小籐次が傍らの次直を引き寄せた。

十郎左衛門が小籐次の手の動きを注視して、自らも刀に手を伸ばした。

「この場はお任せあれ」

「赤目小籐次どののお手並み拝見致そう」

小籐次の言葉に、十郎左衛門が伸ばしかけた手を引いた。

小籐次は座ったまま、
つつつ
と行灯の灯りを外しながら障子際に身を寄せた。影で動きを察知されないためだ。

殺気が殺到してきた。

いきなり十文字槍の穂先が障子に突っ込まれ、障子の桟を鎌で引き剝がそうとした。

次直を左手に保持したまま、小籐次はただ動きを見ていた。

障子が一気に剝がされ、その場から一人ふたりと門閥派の刺客が白刃を翳《かざ》して飛び込んできた。

「ござんなれ」

片膝を突いた小籐次の次直が一閃して一人目の胴を抜くと同時に膝で進み、二人目の腹部を刺し貫いた。

一瞬の早業だ。

うう っ
と呻いた襷《たすき》がけの刺客が沓脱ぎ石の上に折り重なって倒れ込んだ。

「何奴か」

襲撃者の背後から望峯庵の訪問者に質す声がした。

小籐次は座敷から沓脱ぎ石に倒れ込んだ襲撃者の体を避けて庭に飛ぶと、

「赤目小籐次」

と名乗り、

「そのほうらは何者か」

と問い返した。

その問いには答えずさらに相手が問い返した。

「余所者が何用あって松野領内に潜入したか」

「若き日の友に頼まれてな」

「友とはだれか」

「知れたこと、松平保雅様よ」

「戯けたことを」

「酔いどれ爺と松平保雅様が知己ではいかぬか」

「一介の爺侍が譜代大名六万石の藩主と知り合いなどであるものか」

「それがござってな。三十余年前、品川宿でのことよ」

と手短に保雅との交流を告げた。

「しゃっ」

と驚きの声を発し、

「妾腹など下賤《げせん》の生まれを藩主に就かせるのではなかったわ」

と叫んだ。

「母御がどなたであれ、保雅様は先々代藩主の血筋に変わりはない。武家方にあって側室の子が藩主に就くのは、ごくごく当たり前のことよ。その理《ことわり》も分らぬか」

「酔いどれ爺に説教などされたくないわ」

「そなた、何者か」

小籐次が再び尋ねた。

「松野藩松平家の正統なるお血筋光豊様用人平泉昭宗」

「ほう、謀反を企む親方の手先か」

小籐次がすいっと襲撃者に歩み寄った。

庭に洩れた行灯の光が強くなった。

十郎左衛門が行灯の灯りを移動させたせいだ。

小籐次は背から受ける光で、残る襲撃者が五人であることを認めた。その背後に平泉昭宗がいた。

「平泉、何用あってわが庵に押し込むや」

とこの庵の主が問い質した。

「御嶽氏《うじ》、そなた、やはり松野城下に殿が残した保雅派か」

「平泉昭宗、分家の家来の分際で僭越《せんえつ》至極の振舞いじゃな」

「ぬかせ。十郎左衛門が親保雅派と決まったからには、二人とも殺せ」

と非情な命を下した。

「愚か者めが」

小籐次が呟くと同時に、五人の襲撃者の左手の者が突きの構えで踏み込んできた。

だが、それは誘いの動きと見破った小籐次は正面の敵に飛んでいた。

正眼に構えられていた次直が相手の刃を弾《はじ》くと、手首の捻りで流れた刃が相手の喉元を抉《えぐ》り、さらに右手に飛んで鬢を斬り割っていた。

小籐次は二人を斃したあと、片膝を突いて姿勢を低くした。

次の瞬間、これまで小籐次が立っていた虚空を刃が過り、その刃の主に次直の切っ先が吸い込まれた。

立ち上がりながら、刺し貫かれた刃に縋《すが》るように立つ相手から次直を抜くと、血ぶりをした。

小籐次のこれまでの戦いはすべて片手斬りだ。

その早業に残りの相手が息を呑んで、立ち竦んだ。

左手に保持していた鞘を腰に差し戻し、次直の切っ先を二人に向けた。

「斬れ。こやつを斬り斃した者には格別な報賞を授けようぞ」

と平泉用人が動揺した声音で叫んだ。

仲間五人が次々と小籐次の早業に斃されたのを見て怯《ひる》んでいた二人が、勇気を奮い起こしたか、刀を構え直した。

「そなたら、金子で雇われたのであろう。金子に忠義を尽くす要はなし。旗色が悪くなった折の身の処し方、承知しておろう。命あっての物種ぞ」

「ぬかせ。金子で雇われるわれらにいちばんの大事は約束事を果たすことよ」

「それで命を捨ててもなるまいぞ」

「勝負は時の運」

「運に頼ったとき、すでに勝敗は決しておる」

と小籐次が告げ、平泉用人が、

「二人で一気に殺せ」

と再び叫んだ。

その声に向って小籐次の体が飛んだかと思いきや、次直が翻り、予期せぬ小籐次の行動に立ち竦んだ平泉用人の首筋を刃が一閃して、一気にその場に押し潰していた。

「来島水軍流正剣五手波返し」

と小籐次の口からこの言葉が洩れ、茫然とする二人の生き残りに、

「雇い主があの世に参った。そなたらも忠義立てしして同道するや」

と小籐次が尋ねると、二人が同時に顔を横に振って後退りながら逃げ出した。

「赤目小籐次、恐るべし」

御嶽十郎左衛門の呟く声が小籐次の背でした。

「御嶽様、これで門閥派を敵に回されましたぞ」

「赤目どの、そのことを計算して平泉を斃されたな」

「大掃除は迅速果敢が鉄則にございましてな。迷うておる暇はございませぬよ」

小籐次の言葉に十郎左衛門は答えなかった。

「今一つ」

と小籐次が背の主に話しかけた。

「老中青山忠裕様の密偵が二人、領内に潜入しておりましてな」

「なんと」

「ご安心あれ。それがしの願いを受けて青山様が差し向けられた二人にございますよ」

「赤目小籐次どの、おぬしを敵に回してはだれも勝ち目がないか」

小籐次はくるりと背を回すと、沓脱ぎ石から落ちた破れ笠を拾い、

「それがし、粋禅寺に厄介になっており申す」

と言い残し、望峯庵を後にして竹林に入っていった。すると竹林に隠れていた古林欣也が立ち上がり、黙って小籐次に従ってきた。

第四章　わさび田湧水の戦い

一

粋禅寺に戻ると、松野藩親保雅派のひよっこ侍十三人のうち、伊藤十兵衛、柳沢唐次郎と、その他に、小籐次が初めて見る顔が待ち受けていた。

三人目は下士か。欣也とも知り合いではないらしく、小籐次らになんとなく頭を下げた。

「赤目様、成瀬道場に乗り込まれて派手なことをなされたそうな。城下の門閥派は上を下への大騒ぎにございます」

と十兵衛が嬉しそうな顔をした。

「十兵衛、そのように手放しで喜んでよいものではないぞ。門閥派の面々の血相が変わり、赤目小籐次を生きて領内から出すなと熱《いき》り立っておる。われら、とても門閥派の近くに寄れぬ。手足の一本や二本、大勢で囲んで折られそうじゃからな」

と唐次郎が険しい顔で答え、

「成瀬道場のあと、どこに行かれたのでございますか」

と小籐次に尋ねた。

「腹も減った、喉も渇いた」

小籐次の返事に十兵衛が、

「欣也、赤目様を飯屋に案内しなかったのか」

「成瀬道場のあと川佐久に行き、昼餉は食べたが、そのあと夕餉を摂る暇もなかった」

と欣也が困ったような顔をした。

「安心いたせ。粋禅寺では赤目様は僧に非ず、般若湯《はんにゃとう》も生ものも自由に飲食してよいと申されたでな。酒と握り飯なんぞを持ち込んである」

十兵衛が座敷の隅の白布を剝ぐと、貧乏徳利が三本、重箱に握り飯、大皿に椎《しい》茸《たけ》、里芋、こんにゃくなどの煮つけに香のものまで用意されていた。

「口には合いますまいが」

「なんの、これ以上の贅沢があろうか」

十兵衛がまず貧乏徳利と茶碗を小籐次の前に据え、料理を並べた。

「気のままにお飲みくだされ」

「頂戴しよう」

栓を抜いた小籐次が茶碗に貧乏徳利を傾けると、
とくとくとく
となんとも心地よい音が響いた。すると、まだ名も知らぬ下士がごくりと喉を鳴らした。

「そのほう、酒が好きか」

「いえ、その、つい勝手に喉が音を立てました」

「そなた、厩番か」

「はっ、はい。赤目様は卜《ぼく》を見られますか」

「それがしも給金三両一人扶持の厩番であったでな。そなたの体に沁みた馬の臭《にお》いが分るのじゃ」

「やはり臭いますか」

と筒袖を引っ張って臭いを嗅いだ。

「わしの申す厩番の臭いとは、そのようなものではないわ。顔も挙動も気性も世話をしておる馬に似てくるのじゃ」

「さすがによう分っておられる」

「名はなんと申す」

「佐竹常吉です」

と三人目が答えた。脇差だけで塗りの剝げた鞘だった。

「欣也どの、茶碗を皆に配ってくれ」

「赤目様の飲み料にございます」

「酒は相手があったほうが美味《うも》うござる」

小籐次の言葉に茶碗が配られ、酒が注がれた。

「頂戴しよう」

小籐次の言葉で、五人が一斉に喉を鳴らして茶碗酒を飲んだ。

「ふうっ」

と十兵衛が大きな息を吐き、

「欣也、川佐久のあと、どこに行ったのだ」

と、小籐次では答えがはぐらかされると思ったか、欣也に尋ねた。

「赤目様、話してようございますか」

「仲間であろう。構わぬ」

小籐次の許しに欣也が頷き返すと、

「十兵衛、唐次郎、常吉、驚くなよ。赤目様は望峯庵に御嶽十郎左衛門様を訪ねられ、談議なされたのだ」

「おおっ」

と三人が喜びの声を発した。

「よう望峯庵に入れたな。門閥派が見張っていように」

十兵衛が欣也に質したのに小籐次が、

「それはあとでそれがしから話す」

と応え、首肯した十兵衛が話を変え、核心に迫った。

「なんぞ成果があったか、欣也」

「十兵衛、それがし、お二人の会談に同席してはおらぬ」

欣也の答えに十兵衛らが小籐次を見つつ、

「なぜだ」

と尋ねた。

だが、当人は膳の煮しめの里芋を箸で摘み、美味しそうに頬張っていて知らぬ顔だ。

「望峯庵を赤目様が訪ねられたとき、見張りの注意をそれがしに向けさせるため、あの界隈を走り回ったでな。お二人がなにを話し合われたか承知しておらぬ」

「欣也、それで赤目様に同道する役目が果たせたといえるのか」

と十兵衛が欣也を詰問した。

「そう申すな。赤目様の動きにだれが従えるというのだ。だがな、見たぞ、斬り合いを」

「なに、だれがだれと斬り合いをしたというのだ」

「十兵衛、唐次郎、常吉、門閥派に雇われた刺客七人が談議の行われていた望峯庵を襲ったのじゃ」

「なにっ、御嶽様を門閥派が襲ったとな」

「この七人は分家の光豊様の用人平泉昭宗に従うておった」

「あやつか。顔を思い出しただけで虫唾《むしず》が走る奴だ」

「唐次郎、もはやこの世で会うことはない。安心せえ」

「なに、あやつが死んだとな」

「おそらく平泉用人が功を焦って子飼いの刺客を唆《そそのか》し、御嶽様を襲うたと思われる。そこにおられたのが赤目様だ。障子を十文字槍で突き破り、踏み込んでいった二人を抜き打ちで斬られた早業には、江戸から行動を共にしてきたそれがしも驚いたぞ。胴を抜かれた二人が沓脱ぎ石に重なって倒れ込み、庭に飛び下りた赤目様はさらに三人を斃し、平泉用人まで斬られたのだ。一瞬の早業とはああいうものか」

欣也が戦いを思い出したか、上気した顔で言った。

「それがしもその場にいたかった」

「十兵衛、城下ではいよいよ土鍋で豆を炒るような騒ぎが始まろうぞ。えらいことになった」

唐次郎がそう喜べぬという顔で言い、小籐次の顔を見た。

小籐次は二杯目の酒を茶碗に注いで口に持っていこうとしていたが、

「そなたら、何用あってわれらの帰りを待っておったな」

と尋ね返した。

「おお、忘れておった。常吉、赤目様に伝えよ」

　はっ、と十兵衛の命に、酒の入った茶碗を置いた佐竹常吉が、

「わしは本日、朝方から馬を遠乗りに連れ出したのでございます。家中のどなたが乗ってもよいように、若駒の訓練を始めたところでございまして、本日は糸魚川街道を北へと早駆けさせたり、手綱を締めたりと、乗り手のいうことを聞くようにあれこれ教え込んでおりました。松野城下から三里ばかり離れた万水川《よろずい》沿いで、ご家中の方をお見かけ致しましたで、馬を下りて林に引いていき、やりすごそうと考えました。いえ、こちらは厩番ゆえ、あれこれと難題を吹っかける上士もおられますでな、難を避けたのです」

「気持ちは分る」

「赤目様は同じ厩番でしたな」

　破顔した常吉が、

「赤目様、お見かけした家中の侍は、大目付奥村勝倖様の腹心海野甲司郎様にございまして、わさび田のほうへと足早に歩き去られました。ただそれだけのことをたまさか厩近くで会うた冨田三八さんに言うと、これは赤目様に知らせておいたほうがよいと言われましたので、かくも参上致しました」

　と事情を申し述べた。

「大目付どのは門閥派の主導者の一人であったな」

「いかにもさようです」

と十兵衛が応じた。

「城下から三里余り離れた地で、海野なる者に会うたのは何刻か」

「八つ半辺りかと」

「わしが成瀬道場に乗り込んで引っ掻き回したのが昼前のこと。門閥派がなんぞ感じて動いたとしたら、その者が城下から三里先に使いに立たされていたとしてもおかしゅうないか」

と小籐次はあれこれ推測した。

「わさび田と言うたが、なにがある」

「松野藩領内でいちばんの景観の地にございます。周囲の高峰から雪解け水が地下に潜り、湧水になって流れを作り、その清水で育てるわさび田が広がっております。また長閑に水車が回る光景は別天地にございまして、藩の重臣方は隠棲の地にわさび田を選ばれます」

「ほう、それは聞くだに美しい」

「騒ぎが鎮まりました暁には、われらが赤目様をわさび田にご案内申します」

「ふーむ、そなたらがわしを接待な」

小籐次が答えたとき、宿坊の外に人の気配がした。

この日何度目か、小籐次は次直を引き寄せた。

「赤目様」

とおしんの声がした。

「おしんさん、入りなされ」

小籐次の声に、夜露を肩に止まらせた鳥追い姿のおしんが障子を開いて姿を見せ、

「おしんさんだ」

と昼間川佐久で会った欣也が嬉しそうな声を上げた。

座敷に座ったおしんが菅笠を脱いだ。すると十兵衛と唐次郎、常吉がぽかんと、おしんの美貌に見惚《みと》れた。

「欣也、どなたか。松野では見かけぬ女性《にょしょう》じゃが、江戸藩邸の者か」

「それがしもおしんさんの正体は知らぬ。大方、赤目様のお仲間であろう」

欣也と十兵衛の会話を笑みの顔で聞いていたおしんが、

「赤目様が松野城下に入られて、いきなり油が煮える釜に手を突っ込まれたので、門閥派も衆を頼んでこちらに斬り込んできますよ」

と告げたものだ。

「今すぐにもやって来そうか」

「赤目様が寝込まれた八つ（午前二時）の頃合いと言うておりました」

「まだ一刻以上はあるな。ならば腹ごしらえをして、粋禅寺を退去しようか」

と小籐次が握り飯に手を出し、

「おしんさん、腹は減っておらぬか」

とおしんの腹具合を気にした。

「赤目様と別れて走り回りましたゆえ、お腹が空いております。頂戴してようございますか」

欣也が小皿に握り飯と煮付けなどを取り分けて、おしんに差し出した。

「若様方に給仕をして頂き、おしん、恐縮にございます」

と嫣然《えんぜん》と欣也に笑いかけた。

「赤目様はおしんさんを密偵に雇うほど金持ちとも思えぬ。おしんさん、どなたが主様にございますな」

と欣也が堪《こら》えきれずに訊いた。

「若いそなたらがおしんさんの正体を知りたい気持ちは分らぬではない。じゃが、詮索は止めておけ。松野城下がいよいよ大騒ぎになるわ」

「まさか幕府の」

と唐次郎が言い出した。

「唐次郎どの、このこと、保雅様は承知じゃ」

「殿がご承知なのですね。ならばお味方だ」

「松野藩にとって大切な救いの神よ」

「赤目様、私の詮索よりこちらを退去するのが先ですよ」

「よし、そなたらも握り飯と煮しめを食せ。そなたらには松野城下を発つ前にひと仕事してもらわねばならぬでな」

と欣也らに命じた。

「ひと仕事とはなんでございますな」

「欣也どの、篠田松之助どのら城下に残ったひよっこ侍の仲間に連絡《つなぎ》をつけ、夜明け前に高札場《こうさつば》を回れ」

小籐次は命じると、高札場に掲げる貼り紙の内容を告げた。

「えっ、そのようなことを高札場に貼り出してようございますので」

「そなたらは、おしんさんを公儀の密偵と疑うておるのであろう。そなたらさえ疑うくらいだ、門閥派はすでに疑心暗鬼になっておるわ。嘘か真か、貼り紙で通告してみよ。門閥派に動揺が走ろう。それが狙いよ」

「よし」

と欣也らが「密偵」のおしんを見ながらも命じられた仕事に張り切った。そんな会話をよそに握り飯を食して腹を満たしたおしんが、

「赤目様、引き上げるのはようございますが、赤目様方が姿を消された後、このお寺に迷惑が掛かりませぬか」

「そうじゃな。なんぞ知恵を絞らねばなるまいな」

小籐次は新たな酒を茶碗に注ぎ足すと、くいっと一気に飲んだ。

「おしんさん、すでにこの寺、門閥派に囲まれておるか」

「囲まれてはおりませぬが、表も裏も見張りが目を光らせておりますよ」

「ならば、われらが退去したことを知らせていこうか」

「それがようございますよ」

と応じたおしんが美味しそうに煮しめを食べた。

半刻後、宿舎に割り当てられていた宿坊を掃除した小籐次らは、粋禅寺の墓地に入り込み、裏門を目指した。

小籐次の左手にはまだ口を付けていない貧乏徳利が提げられていた。墓地の傍らに粋禅寺の裏門があった。

「欣也どの、この場はわれらに任せよ。騒ぎが起こったら、そなたらはわれら二人に関わりなく逃げよ」

「お二人はどうなされるので。それがしは赤目様の道案内にございます。赤目様と別れてはお役目が果たせませぬ」

「保雅様にお叱りをうけるか」

「いかにもさようです」

と欣也が迫った。

「よし、再会の場所は常吉どのが大目付の腹心を見かけたというわさび田と致す。どこぞに間違いのう出会える場所はないか」

「わさび田を作る流れの一つに犀《さい》川がございます。この岸辺に三連水車の小屋があり、そこならばまず行き違いはございません」

と常吉が即答した。

「再会は明朝五つ半の刻限と致す。よいな」

「畏まりました」

「よし、まずわしとおしんさんが出る。騒ぎに乗じて逃げるのじゃぞ」

欣也らに命じた小籐次は寺の裏門の木戸を、
ぎいっ
と音を立てて開き、貧乏徳利を左肩に担いで、

「酔うた酔うた」

と千鳥足で歩き出した。

「あれ、酔いどれ様、危のうございますよ。歳をとられたせいか、近頃滅法酒に弱くていけませんね」

「おしんさん、なにを言うか。坊主どもが寺内では酒はいかぬ、生ものはご法度などとぬかすゆえ、悪酔いしただけじゃ。寺はいかんな、松野に悪所《あくしよ》でもないか」

とふらふら歩く小籐次とおしんの前に、槍を持った門閥派の見張りが姿を見せて立ち塞がった。

「な、何奴か」

呂律《ろれつ》の回らない舌で小籐次が喚いた。

小柄な体の腰が落ちて、いよいよ小さく見えた。

「赤目小籐次とはそのほうか」

槍の穂先を小籐次の胸に向けた見張りの一人が尋ねた。

「いかにも赤目小籐次はそ、それがしじゃが、な、なんぞ文句があるか」

と答えた小籐次の体がひょろつき、慌てておしんが右腕を摑んだ。

「赤目め、正体をなくすほど酒に酔うておる。手捕りにしてご家老に差し出さん。どうだな、同輩」

「組頭は絶対に手出しはならぬと命ぜられたぞ、健次郎」

「腰が定まらぬほど酔うておるのだ。千載一遇の好機と思わぬか」

と小籐次を前に言い合った。

「なにをうだうだ申しておる。よ、酔いどれと異名を奉られた、あ、赤目小籐次じゃが、未だ酔うたことはない。おしんさん、手を離せ。み、見よ、しゃきっとしておろうが」

と小籐次が槍の穂先に向って千鳥足で歩き出した。

「よし、ござんなれ」

健次郎と仲間に呼ばれた見張りが槍を悠然と扱《しご》くと、

「えいや」

と小籐次の胸に突き出した。

その瞬間、小籐次の腰がしゃきっと伸びて虚空に飛び上がり、左肩に担いでいた貧乏徳利を健次郎の脳天に叩きつけると同時に、おしんが懐から硝煙玉を摑み出し、見張りの真ん中の地面に投げつけた。

バーン！

という爆音とともに白煙が上がり、地上に下り立った小籐次の、

「それ、逃げ出すのは今じゃぞ」

という声が響いて、欣也らが硝煙の匂いと煙の中、粋禅寺から遠ざかっていった。

二

小籐次とおしんが松野城下を抜け出たのは、夜明けの刻限だ。

おしんは中田新八との連絡《つなぎ》を確かめた。それは二人だけに分る連絡の方法だっ

た。

一方、古林欣也らも城下に残る篠田松之助らの屋敷を密かに訪ねて、小籐次の命を伝えた。ために城下を離れたのは、小籐次とおしんよりわずか半刻早いだけの夜明け前だった。

望峯庵と粋禅寺の騒ぎは、門閥派に衝撃を与えていた。

御鑓拝借の赤目小籐次が藩主松平保雅と昔馴染みであったこと、そして、その赤目小籐次が保雅の要請をうけて松野門閥派の成敗に乗り出したことが、一夜にして門閥派内に知れ渡った。

事実、赤目小籐次によって望峯庵でも粋禅寺でも逆襲を受け、先手を取られた門閥派には、

「多数派に乗ってはみたが、どうも訝しい様相になってきた。どうしたものか」

という疑念が生じ、亀裂が起こっていた。

門閥派の動揺に追い打ちをかけることになるのは、夜が明けた城下の高札場に、幕府密偵がすでに松野城下に入り込み、幕府が認めた藩主松平保雅を引きずりおろし、分家当主松平光豊を新たなる藩主の座に就けんとする謀反の真相の探索を始めたという、朱字の貼り紙が出されたことだった。

この貼り紙、欣也ら親保雅派が急ぎ手分けして書いて張り出したものだった。

小籐次とおしんは、城下を離れる前に札之辻に立ち寄って確かめた。

松野城下には周辺の高峰から溶け出す雪解け水の川が幾筋も流れていたが、そんな川面から立つ靄《もや》が札之辻を覆っていた。そして、朝の光が差し始めると、大きな文字で朱書きされた貼り紙が浮かび上がった。

「よしよし、これなればよかろう。おしんさん、わさび田に参ろうかな」

小籐次とおしんは城下から姿を消した。


高札場の貼り紙に最初に気付いたのは伝馬宿の番頭で、

「なんですね。仰々しい貼り紙は」

と言いながら黙読していた番頭が、

「飛脚屋の番頭さん、光蔵さん、た、大変だ」

と隣の飛脚屋の番頭を高札場の前に呼んだ。

「朝早くからなにか異変ですか」

と言いながら、鼻の下にずり下がった眼鏡を手で上げて読み始めた光蔵が、

「大変だ、門閥派はえらいこってすよ。公儀の密偵が門閥派の謀反の動きに目を

つけましたか」

と叫んだために、札之辻界隈のお店の奉公人が飛び出してきて、通りかかった職人らも高札に群がり、

「朱字の貼り紙」

を読んで、声高に話し出した。

「わたしゃ、いつしかこんな日が来ると思っていましたよ。だって、殿が藩主に就かれて城下の商いは活気が出てきた。大水が出た年だって、殿様が手厚い保護をなされて、翌年の種蒔《たねま》きだってちゃんと行えた。新しい商いを次々と試して力を尽くされた結果、藩は何万両の借財を返し、城の金蔵にはまさかの時の蓄えがあるというではありませんか。それを分家の光豊様と交代させるだって、譜代大名の首がそう簡単に挿げ替えられるものですか。公儀だって黙っちゃいませんよ。だからさ、密偵を城下に潜り込ませたんですよ」

「飛脚屋の番頭さん、そんなこと言って大丈夫かえ。門閥派は松野城下の家来衆の大半を集めているという話ですよ」

と油問屋の番頭が反論した。

「いえね、門閥派がいくら衆を頼んでも、保雅様には赤目小籐次という強い味方

があってさ、その赤目様がすでに城下に入り込まれているんですよ」

「おれも聞いた。門閥派の道場に乗り込んだ酔いどれ爺様が、師範だか高弟だかをよ、あっさりと叩きのめしたってな」

「それだけではありませんよ。昨日から城下のあちらこちらで騒ぎが生じていますがね、すべて赤目小籐次様の仕業ですよ」

などと勝手なことを言い合うところに、

「どけどけどけ！　だれがさような貼り紙を高札場に張り出した」

と門閥派の役人が札之辻に駆け込んできて、朱字の貼り紙を、
ばりばり
と引き剝がした。

だが、札之辻界隈の住人はすでに貼り紙の内容を承知していたし、それが噂となり、時をおかず城下に広がるのは明らかだった。

「おおい、大名町の辻にも朱字の貼り紙があるそうだぜ」

とだれかが叫び、

「なにっ、大名町の辻にもとな」

と役人が札之辻から大名町へと駆け出していった。

この日一日、何者かが貼り紙をあちらこちらに張り出し、役人が剝がすといういたちごっこが続き、城下に貼り紙の内容とともに、

「赤目小籐次参上」

の噂がほぼ知れ渡った。


雪を頂く高峰を遠くに望む、湧水群が流れるわさび田で、長閑にも三連水車が回っていた。

五つ半時分、その小屋にまず先行してきたのは古林欣也、伊藤十兵衛、柳沢唐次郎に佐竹常吉の四人だ。

「まだ赤目様とおしんさんは来てないぞ」

と唐次郎が小屋を覗き込んでいった。

「いくら赤目様とて松野領内は初めてじゃ。そう簡単に辿りつけるものか」

と十兵衛が答えて、筵《むしろ》が積まれた上にどさりと座った。

「赤目様にはおしんさんが付いておられる」

「おしんさんとて土地の人間ではないぞ」

欣也の言葉に十兵衛が反論した。

「それがしは、おしんさんはやっぱり公儀の女密偵だと思う。硝煙玉など密偵の他に持っておるものか」

「となると、おしんさんと知り合いの赤目小籐次様も公儀の密偵か」

「唐次郎、馬鹿を申せ。赤目様は元をただせば、れっきとした森藩久留島家の家臣であったのだぞ」

「それが御鑓拝借騒ぎで藩を離れられたのじゃな」

唐次郎が応じ、

「おお、そうよ」

と欣也が答えた。

「その後、赤目様はどのような暮らしを立てられてきたのじゃ」

「なんでも研ぎ仕事で稼ぎをなしておられるそうな」

と欣也が答え、

「たしかに赤目小籐次様は、水戸家に出入りとか江戸の分限者《ぶげんしゃ》や豪商がついておられるとか、噂が絶えないお方ではある」

「それみろ、赤目様も公儀と関わりがあるやも知れぬぞ」

「待て、唐次郎。こたびの一件、赤目様に助勢を願われたのは殿じゃ。それを忘れてはならぬ。それがし、三十余年ぶりの対面の場に居合わせたゆえ、とくと承知しておる。殿が公儀密偵の赤目様に助けを求められるわけもなかろうが」

「そうか、そうだな」

と十兵衛が頷き、

「腹が減った」

と唐次郎が呟いた。

「粋禅寺で食したではないか」

「城下を駆け回り、三里も四里も早歩きしてきたのじゃぞ。腹が空いてもおかしくあるまい」

と唐次郎が抗弁した。

「よし、どこぞの農家に願うて飯を炊いてもらおうではないか」

「欣也、飯を炊いてもらうと言うても先立つものがいる」

「十兵衛、路銀が残っておる。心配致すな」

欣也が巾着から二朱銀を出した。

「握り飯じゃ。これで足りよう」

よし、といったん腰を下ろした常吉が立ち上がった。

「欣也さん、わしがこの界隈の百姓家にあたってきます」

「常吉、そなたが大目付奥村様の腹心海野甲司郎様の姿を見かけたのもこの界隈であろう。気をつけよ」

「おっと、忘れておった。たしかに海野様を見かけた街道から半里も離れておらぬ場所でございます。欣也さん、注意して参りますよ」

と金子を欣也から渡された常吉が姿を消した。


その刻限、小籐次とおしんはわさび田湧水群の南の犀川の河原にいて、流れで顔を洗っていた。

「春とは申せ、雪解け水は冷たいのう」

「信濃の高峰にはあのように雪が残っておりますもの。水も冷たいはずですよ」

「おかげで目が覚めた」

二人は河原を離れると松野領内筑摩郡《ごおり》へと土手道に戻った。

犀川を離れて半里ばかり北に歩いた三俣に野地蔵が置かれてあった。

赤いべべを着せられた地蔵様に手を合わせたおしんの目が光り、

「おや」

と驚きの声を洩らし、赤いべべの下から覗いたこよりを摘み出した。

「偶然にございましょうかね、中田様もこの界隈に入り込んでおられますよ」

と笑った。

「それは心強いかぎり」

おしんがこよりを解くと、ほれ、と小籐次に見せた。みみずがのたくったような線と記号が書かれて、小籐次には判読不能だった。

「なんと書いてある、おしんさん」

おしんは指を折って数えていたが、

「この野地蔵様に便りを託したのは二日前の夕刻にございます。長尾村にて相方の動きを得てこちらに入り込んだようです」

と暗号を解読してくれた。

「大目付の腹心がこの界隈に姿を見せたことといい、新八どのの移動といい、この界隈に保典様が幽閉されておるということではないか」

「それは大いにございましょう」

「よし、欣也どのらと合流いたし、今後の手立てを話し合おう」

勇躍二人はわさび田湧水群を目指した。

四半刻も歩いたか、流れの中にわさび田が広がって見えてきた。その背景には雪を頂いた高峰群だ。なんとも清々しく壮大な景色だった。

「驚き入った次第かな。わさび田がかように広大とは考えもせなんだわ」

小籐次が呟く傍らから、おしんがわさび田に動く人影を見つけて、

「ちょいと三連水車がどこにあるか聞いてきますよ」

とわさび田の畔《あぜ》を小走りに向った。

小籐次は、この景色をおりょうに見せたならばどのような歌を詠むかと、その面影を脳裏に浮かべた。

「赤目様、三連水車は数丁ほど北に上がった流れのほとりで音を響かせているそうです」

とおしんが小籐次のところに戻ってきた。


「常吉、遅かったではないか」

と三連水車小屋に戻ってきた常吉に唐次郎が文句を言い、

「もっとも、赤目様もおしんさんもまだ姿を見せられぬ。どこをどう歩いて来られたら、こうも遅くなるのじゃ。江戸の人間は使い物にならぬな」

とさらに文句をつけた。

にたりと笑った常吉の背後から小籐次とおしんが姿を見せて、

「唐次郎どの、どこをどう歩いたか知らぬが遅うなった。用が足りずにすまぬことであったな」

と詫びの言葉を口にした。

「わあっ」

と叫んだ唐次郎が、

「常吉、赤目様方と一緒なら一緒と、なぜ先に言わぬ」

と文句をつけたがすでに遅しだ。

「今後、そなたらの足手まといにならぬようにするで、許せ」

小籐次の手には貧乏徳利が提げられていた。

「常吉、赤目様方とどこで一緒になったのだ、そうならそうと常吉、先に知らせるものじゃ」

と唐次郎がさらにぼやいた。

「唐次郎さん、そのようなことより、ほれ、握り飯と茶を用意してもろうた」

と古びた布包みを小屋の仲間に見せた。

「おおっ、よしよし。古来、腹が減っては戦ができぬというからな」

ゴトゴトと音を立てて回る水車小屋の床に食べ物が開かれた。

竹笊に葉蘭《はらん》を敷いた上に、塩で握ったむすびにわさび漬けの菜、それに茶を入れた竹筒などが並んだ。

常吉は縁の欠けた茶碗を三つも調達していた。

小籐次らは車座になって水車小屋に座った。

「おしんさん、それがしに茶碗を一つ貸してくれ。いささか行儀が悪いが、ちと精をつけておかんとな。唐次郎どのではないが戦に備えられん」

と茶碗を借り受け、貧乏徳利の栓を口で抜いた。

濁り酒がとくとくと茶碗に満たされた。

「だれか飲む者はおらぬか」

と小籐次が一座を見回したが、だれもが顔を横に振った。

「そなたらは握り飯がよいか」

小籐次は松野城下から歩いてきた喉の渇きを癒すように、
くいっ
と一杯飲み干した。

「たまらぬ」

と嘆声を上げる小籐次を欣也が見て、

「赤目様の血には酒が流れておりましょうな。ほんとうに美味しそうに酒を飲まれます」

と笑った。

「欣也どの、よい知らせを教えよう」

と前置きした小籐次は、欣也らが篠田松之助と図って高札場などに張り出した貼り紙が城下の住人の目に触れ、門閥派の役人に大きな動揺を与えたと告げた。

「ほうほう、朱字で大書した貼り紙は高札場で異彩を放ったであろうな。幕府の密偵に酔いどれ小籐次様の松野城下潜入か」

独り悦に入った唐次郎がおしんの顔に視線を留めて、

「おしんさん、公儀の密偵ですよね」

といきなり訊いたものだ。

「私、面と向って密偵かと尋ねられたのは初めてですよ。どう答えたらいいんですね、赤目様」

「おしんさんが否と返答しようと、はいと返事をしようと、一人歩きし始めた噂に歯止めは掛けられまい」

いかにもさようでした、と手にしていた握り飯を食べたおしんが、

「唐次郎さん、私は公儀の密偵ではございません。こたびのことは赤目小籐次様に頼まれて動いているだけの話です」

と返答した。

「赤目様がおしんさんに願われたですと」

「今一人、私の朋輩が領内に入って赤目様の御用を助けております」

「えっ、まだ仲間がおられますので」

欣也が驚きの声を上げた。

「私どもは一人では動きません」

おしんの言葉を聞きながら、小籐次は二杯目の濁り酒を口にした。

「おしんさんの働きは、松野藩によかれと思うてのことですよね」

「欣也さん、赤目様は古い友人の保雅様に頼まれてのことです。藩政健全な松野藩を陥れるために動くものですか。ご安心下さい」

「公儀の密偵が赤目様の願いごとを聞くのですか。江戸ではそのような勝手ができるのですか」

と唐次郎が拘った。

「私の言葉が信用できないのですね」

「そうではありませんけど」

唐次郎が今一つ得心できぬという表情でおしんを見た。

「私の主は老中青山忠裕、と申したら信用して頂けますか」

「えっ、おしんさんは老中青山様のご家来ですか」

「欣也さん、おかしいですか」

「いえ、そういうわけではありませんが」

「老中青山と赤目小籐次様は親しい間柄なのです。私を怪しむならば、まず赤目小籐次様を怪しむことですね」

「怪しいのですか」

「御鑓拝借の騒ぎの前まで森藩一万二千五百石の厩番。そして、ただ今は水戸家とも老中とも付き合いがある赤目小籐次様は、私などよりよっぽど怪しゅうございます。だけれど、私はだれよりも赤目小籐次という人物を信用しているのです。欣也さん、私たちを訝しむより今は松野藩の危難を乗り越えることですよ。赤目様や私たちのように外の人間の働きではこの松野藩の危難は乗り越えられません。

あなた方が仲間を信じ、力を合わせ、命を張ることではないかしら」

しばし欣也たちが沈思した。そして、無言で欣也が平伏し、小籐次とおしんに、

「赤目様、おしんさん、われら考え違いをしておりました。われらの藩の騒動にございます。われらが率先して働くべきでした。それを忘れておりました」

欣也の言葉に唐次郎が、

「おう、そうであった」

と続いて欣也を真似て残りの三人が平伏し、

「われらなにをなすべきか、お命じ下さい。命を捨てる覚悟はできております」

と口々に言った。

三

常吉とおしんは握り飯を食したあと、三連の水車小屋から姿を消した。

飯を炊き、握り飯を拵えてくれた百姓家に器を返しにいったのだ。ついでに常吉は欣也から一分を預かり、小籐次からの新たな命を果たす役を負っていた。

なにしろ見通しのよいわさび田湧水群の郷だ。

ふだん見かけぬ若侍や鳥追い女がわさび田をぞろぞろと歩いては、すぐに門閥派に見つかる。そこで百姓家で古びた野良着を分けてもらえないか、常吉とおしんが願いに行くことにしたのだ。

水車小屋に残った欣也、十兵衛、唐次郎の三人は、小籐次から、

「少しでも体を休められるときには休めておけ。それが大事に際して大きく生きる、身を助けるものよ」

と言われて、壁に半身を凭《もた》せかけて眠りに就いた。

ごとごとごと

と水車が回る音が欣也ら若い侍を眠りに誘《いざな》った。なにしろ徹夜明けに腹を満たしたのだ。睡魔に襲われるのは当然だった。

小籐次は水車小屋にあった径が四寸もある古竹を一本頂戴し、脇差を使ってそれを二つに、その一片を四つに割り分けると、道中嚢に入れてある小刀を使い、竹とんぼを作り始めた。

羽にひねりを入れながら、その先端を刃のように尖らせた。さらに小刀の先で羽に二つの穴を開け、最後に羽に回転をつける細い棒を削った。

手慣れた作業だ。たちまち二本の竹とんぼができた。その竹とんぼを掌《てのひら》に挟ん

で回し、回転具合を確かめた。

そのとき、水車小屋の戸が開いて、頬被《ほおかむ》りした百姓が入ってきた。背に竹籠《たけかご》を負っていた。

「相すまぬ。小屋を使わしてもろうておる」

「赤目様、わすだ」

と答えた声は佐竹常吉だった。

「おお、なりのせいか、言葉遣いまで変わったな」

小籐次の声に欣也が目を覚ました。

「欣也さんよ、古着を人数分購《あがの》うてきたぞ。百姓家じゃ、こんな野良着が一分になるかと、あれこれと都合をつけてくれた」

常吉は竹籠を水車小屋の真ん中に下ろすと、古着や笠を取り出した。

「よし、唐次郎、十兵衛、起きよ。着替えじゃぞ」

欣也の声に二人が伸びをしながら目を覚まし、

「常吉、なかなかのなりじゃな」

と唐次郎が言った。

「唐次郎さん、そなただって野良着を着れば、たちまちわさび田の百姓唐助に変わろうぞ」

「それがしなど野良着を着ても、育ちの良さがそこはかとなく残っていそうな気がするがな」

とひよっこ侍同士が言い合いながら、野良着をあれこれと選び始めた。

「常吉どの、おしんさんは百姓女に扮して探索に出かけられたか」

「いかにもさようです。それに一分でえらい買い物をしました」

「ぼろ着になんぞ付いてきたか」

「かように古着を譲ってくれた百姓家の嫁女が、松野城下の豪商家具問屋の穂高屋宮五郎方の御寮に、近頃、人の出入りが激しいと教えてくれましたので。馬や乗り物の武家も夜分に出入りするそうです。この嫁女の実家が穂高屋の御寮の裏手にあるそうで、実家を訪ねたとき、親父が洩らしたそうです。そこでおしんさんが穂高屋の御寮を確かめに行きましたので」

「なにっ、穂高屋とな」

と即座に反応したのは十兵衛だ。

「十兵衛、なんぞ思いあたることがあるのか」

と欣也が問い質した。

「永の江戸藩邸暮らしのそなたは知るまいが、穂高屋の隠居と国家老小埜文左衛門様は釣り仲間でな、親しい交わりの仲じゃ」

「なにより穂高屋は、殿が藩主に就かれて松野家具を一手に引き受けられなくなったと、殿のご政道を非難しておるそうな」

十兵衛に続いて唐次郎も言い出した。

「殿以前、穂高屋は松野家具の買い取りを一手に引き受けて、一方的に値を決めたりしておりました。それが殿の代になり、商いは競うことによって質が向上し、値が定まるとのお触れを出されたので、それまでの旨みがなくなったと不満に思うておるのですよ」

と十兵衛が小籐次らに説明し、

「そうか、穂高屋ならば、門閥派に手を貸しても不思議はないぞ。門閥派が武家を雇う金子がどこから出ているのかと訝しゅう思うておったが、穂高屋ならば二百や三百の金子は出そう。むろん分家が藩主の座に就いたあと、利息とともに取り戻す心積りをしておろう」

とさらに言った。

「ほう、一分でえらい話を仕入れてきたな」

　と小籐次が感心しながらも、継ぎのあたった野良着を着てぼろのような股引《ももひ》きを穿き、立ち上がった。手拭いで頬被りしたあと、破れ笠を被り、腰を落とすと百姓爺ができ上がった。

「赤目様、ようお似合いです」

　と欣也が感心したように言い、

「唐次郎、そなたと赤目様が並ぶと、もはやこの界隈の百姓の父子《おやこ》じゃぞ」

　と笑った。

「なに、このぼろ着一枚でそれがしもわさび田の百姓か」

「なにが育ちが良いだ。唐次郎がいちばん似合うておるわ」

　若い侍たちだ。わいわいがやがや言いながら、わさび田の百姓に変身する装いを楽しんでいた。

「よし、刀は竹籠に入れよ。脱いだ衣服は水車小屋に隠しておこうか」

　小籐次の命に、欣也らが脱ぎ捨てた衣服を畳んで小屋の隅に重ね、筵を被せて隠した。

「それにしても大勢が一緒に行動したのでは、門閥派に怪しまれよう。おしんさんや新八どのの探索にも差し障りがあってはならぬ。まずここはわしと常吉どのとで、穂高屋の御寮をたしかめて参る。欣也どのらはしばしこの水車小屋で待たれよ。その後のことは一同で話し合いの上に決める。よいな、勝手な行動をするでないぞ。保典様のお命に関わることじゃからな」

と釘を刺して小籐次と常吉は小屋を出た。

わさび田の間を流れる川の水は清らかで、滔々《とうとう》とした雪解け水を湛《たた》えていた。

「常吉どの、今一度古着を購った百姓家に参り、嫁女どのの実家を訊いていこうか。われら、門閥派に怪しまれたとき、嫁女どのの家を訪ねることにすればよかろう」

「赤目様、それはよい考えです」

と常吉はいきなり駆け出していった。竹籠がかたかたと鳴り、小籐次の愛刀の次直も常吉と一緒に遠ざかっていった。

「田舎爺には、刀は要らぬというか」

と呟きながらも、得物は破れ笠の竹とんぼ二本かと気付き、いささか心細くなった。

清流沿いの道を五、六丁も行くと、わさび田の間の野良道を常吉が駆け戻ってきて、

「明科《あかしな》の塔源寺の東側、大芦《おおあし》の種吉さんが嫁女のおまめさんの実家にございますそうな」

　と叫んだ。

「明科の塔源寺はここからどれほどか」

「半里にございますよ。湧水地の中でも絶好の景色の郷にございます」

　よし、急ごうと小籐次と常吉が足を早めたとき、背後から馬蹄《ばてい》が響いてきて、二人は慌てて川岸に避けた。すると、松野城下からの早馬と思える二騎が小籐次らの傍らを疾風《はやて》のように通り過ぎていった。

「なんぞ風雲急を告げておるようじゃな。われらも急ごうか」


　四半刻後、小籐次と常吉は塔源寺の山門を潜り、境内《けいだい》を抜けて大芦の種吉の敷地の裏手に出た。わさび田仕事のときに使うのか、生垣の一部に人ひとり通り抜けられる穴があった。そこを潜ると、せせらぎの音がして敷地内にも細流が流れ、わさび田があった。

「ほう、なんとも極楽に来たようなな」

　と呟く小籐次に、

「おめえはだれだ」

と問う声がした。

わさび田に腰を屈《かが》めて作業をしていた男が立ち上がった。

「すまねえ、大芦の種吉さんや。わしら、そなたの娘のおまめさんの紹介でな、こちらを訪ねたものだ」

「おまめがおめえらを寄越したって、なんの用だ」

と尋ねられた小籐次は返答に迷った末、

「当たって砕けろ」

と真っ正直に、

「穂高屋の御寮でなにが起こっておるか知りたいのじゃ」

と告げた。

「おめえ様は城の衆か」

「いや、江戸から参ったものだ」

「江戸だと。江戸の人間がなぜ信州松野領に関心を寄せるだ」

と詰問が矢継ぎ早にきた。

「親父様、このお方は赤目小籐次様とおっしゃり、殿の昔馴染みじゃ。こたび殿様の命を受けて松野領内に入られたのだ」

と常吉が小籐次の傍らから言い訳をするように説明した。

「すると殿様の味方だな」

「むろん保雅様の意をうけての行動にござる」

「穂高屋の隠居と国家老様がなんぞ企んでおるという噂がこの界隈にも流れておるが、やっぱり真か」

小籐次が頷くと、

「うちの納屋の屋根に上がると、穂高屋の離れ屋敷と母屋の大座敷が見えるだ」

と母屋の北側にある納屋に案内し、梯子《はしご》まで掛けてくれた。

「助かる」

「それにしてもよ、おめえさん方二人でなにができるだ。国家老様方はえらく人を集めておるそうな」

と小籐次らの無勢《ぶぜい》を案じてくれた。

「御寮には何人ほどおるかのう」

「ここのところ、侍が二、三十人はいる様子だよ。なんぞあれば城から仲間が駆け付ける手筈よ。最前も馬が二騎、門に駆け込んでいっただよ」

と、小籐次と常吉の傍らを走り抜けた二騎が穂高屋の御寮への早馬だったことを告げた。

穂高屋の御寮が門閥派の拠点の一つで、ひょっとしたら行方知れずの保典が幽閉されている可能性がいよいよ強くなった。

小籐次がまず梯子を上がり、常吉が竹籠を負ったまま屋根に従ってきた。

「常吉どの、頭を下げよ。姿勢を低くせぬか」

小籐次の注意に常吉が慌てて這《は》い蹲《つくば》った。

たしかに種吉の納屋の屋根から穂高屋の母屋と離れ屋が望めた。離れ屋では最前の早馬の使者が壮年の武家に何事か報告しているのがみえた。

納屋の屋根から離れ屋まで一丁ほどあるので話は聞けないが、緊迫した様子は見てとれた。

「なんだ、分家の光豊様のようじゃぞ」

と常吉が呟いた。

「間違いないか」

「遠いのではっきりとは言えませんが、あの体付きは分家の殿様に見えるな」

常吉の返答は今ひとつはっきりしなかった。

小籐次は御寮の表門付近に視線を転じた。早馬二騎が小者によって河原に引っ張っていかれていた。しばし休息させるためだろう。

「おや、おしんさんがおられるぞ」

常吉の声にその視線の先を見ると、穂高屋の裏門付近を百姓女のおしんが足早に通り過ぎ、不意に裏門があくと飯炊きでもしている体の男が姿を見せた。なんと中田新八だった。

おしんのあとを新八が間をあけて従い、種吉の納屋のほうへと歩いてきた。

「どうやらわれらにツキが回ってきたぞ」

と呟いた小籐次は破れ笠の縁から竹とんぼを抜き出し、指の間に柄を挟み、捻りを加えると虚空に放した。

ぶーん
と納屋の屋根の上へと舞い上がった竹とんぼは、頭上三間ほどの高さに上がって一旦停止し、一気に斜めに滑空しておしんが歩くほうへと飛翔していった。そして、力尽きたようにおしんの足元に転がった。

おしんの足が止まり、竹とんぼを拾って、辺りに目をやった。

常吉が顔を上げて、手を振った。

こっくりと頷いたおしんが新八を振り返り、大芦の種吉の敷地に入った様子で、いったん二人の姿が消えた。しばらくすると梯子が軋み、二人が納屋の屋根に現れた。

「さすがは赤目小籐次様ですね。私どもが知らせる前に、もはや門閥派の隠れ家を突きとめておられますよ」

「おしんさん、偶然じゃ」

と掻い摘んでこちらに辿りついた経緯を語った。そして新八に、

「中田どの、厄介をかけ申す」

「松野藩は保雅様の治世になって藩財政は急速に回復し、領内は穏やかにして善政が敷かれていることがあちらこちらに見受けられました。それを私利私欲のために、分家の光豊様と国家老小埜文左衛門ら一味が藩政を乗っ取り、保雅様を追い落とすなど、あってはならぬことにございます」

と松野領内で探索を続けてきた中田新八が言い切った。

「それがし、松野領内での出来事の一部は殿に知らせてございます。事と次第によっては公儀大目付も動かれましょう」

「中田どの、保雅様の願いは、騒ぎが公になることを防ぎたいということなのじ

ゃが、そうもいかぬか」

「赤目様が出張られたのです、公儀の都合のよいようにもできますまい。おしんさんとも話し合いましたが、われら赤目様のお考え通りに動く所存にございます」

と新八が言った。

「有難い。赤目小籐次、このとおり礼を申す」

「赤目様、この一件、われらの御用にもございますよ」

「さあて、われらの弱みは保典様の行方が知れぬことじゃが、中田どの、この穂高屋の御寮に幽閉されておるのであろうか」

「お姿をこの目で確かめたわけではございません。ですが、三月ほど前から御寮に頻繁に門閥派の面々が出入りすること、御寮の母屋に大工が入り、座敷牢が設けられたこと、ひと月前には城下から医師が呼ばれたこと、さらには台所から格別に膳が一つ座敷牢に運ばれ、納屋にも何人か捕囚がおる様子で食べ物が運ばれておることなどから、まず保典様がこちらに押し込められているのは確かなことのようです」

「門閥派の拠点と思えるところがこの他にございましたかな」

「領内二郡、筑摩、安曇と歩きましたが、ここの他にはございません」

と答えた。

「われら、最前、離れ屋で早馬の使者が武家に報告するのを望遠したが、常吉どのは松平光豊様のようだというのだがな」

「離れ屋の主は分家の光豊様に間違いございません」

と新八が言い、

「おしんさんから聞きましたが、赤目様が松野城下をあれこれと騒がされましたので、門閥派としては泡を食って動揺している様子です。どうも明日の未明にも座敷牢の主、保典様を別の場所に移す算段が企てられていると見受けました」

「となれば保典様を救い出すのは今宵か」

新八が頷いた。

小籐次はしばし納屋の屋根で沈思した。

竹林の葉がざわざわと風に鳴った。

「いささか多勢に無勢じゃが、やるか」

「お手伝い致します」

と新八が言い、おしんが頷いた。

「私も微力ながら」

と常吉が言い出した。

「常吉どの、そなたには大事な役目がある」

「なんでございますか」

「松野城下に急ぎ使いをしてくれぬか」

「篠田松之助ら味方を呼び寄せるのですね」

「そうではない。いや、使いの先は望峯庵じゃ」

常吉の唾を呑む音がごくりと屋根に響いた。

「どなたが主か、承知じゃな」

「はっ、はい。御番衆総頭御嶽十郎左衛門様にございますな」

「いかにもさよう」

と答えた小籐次は、

「わしが書状を認めるでな、その間に、常吉どのにはやってもらいたいことがある。そなた、厩番であったな。ほれ、最前、城からの急使が乗ってきた馬が河原に憩うておろう。あの馬を拝借して城下まで走ってくれぬか」

常吉が大きく頷き、屋根を下りようとすると、新八が、

「二頭ともこちらに頂戴しておきましょう」

と常吉に同道して、屋根を下りていった。

四

わさび田と、わさび田を縦横に流れる清流を赤く染めて日が沈んだ。

すると穂高屋の御寮の表門と裏門に赤々と篝火《かがりび》が焚《た》かれ、門閥派の面々が槍の穂先を煌《きら》めかせて警備に就いたのが見えた。

小籐次は大芦の種吉の納屋の屋根からその様子を見ていた。

傍らに欣也らひよっこ侍四人がいた。口の周りは手拭いで覆われ、その上に菅笠を被ってしっかりと顎《あご》で紐を結んでいるので、一見だれが欣也でだれが十兵衛か、分らなかった。

小籐次も首に手拭いを巻き付けて、すぐに口が覆えるようにしてあった。

離れ屋の灯りが泉水の水面に映り、残照が力を弱めて行灯の火が力を増した。

すとん
と闇が訪れ、穂高屋の御寮だけが篝火の光に浮かんだ。

「覚悟はよいな」

小籐次が欣也らに言った。すると面体を隠した若侍四人が大きく首肯し、

「命を捨てる覚悟にございます」

と欣也の緊張に震える声がした。

「そなたらの命、この赤目小籐次が預かった。そなたらの御用は、なにをさておいても松野藩嫡子保典様を救出することじゃ。常吉どの、わしがまず納屋の警護の侍を誘《おび》き出すゆえ、納屋に囚われておる保典様の家来衆の縄目を解くのじゃぞ」

と手順の念を押した。

「赤目様、その前に厩の馬を解き放ち、庭で暴れ回らせるのですね。囚われ人を救い出すのはそのあとでしたね。頭の中に手順は叩き込んでおります」

「よし、出陣じゃ」

「はっ」

とわずか五人の侍が種吉の納屋の屋根から梯子を下りると、穂高屋の裏門に迫った。欣也らはおさおさ怠りなく梯子を担いでいた。

そのとき、わさび田湧水群の間を走る松野領内の街道に馬蹄が轟き、遠くから、

「国家老小埜文左衛門様急使にござる。穂高屋御寮、開門あれ！」

と使者が声高に告げる声が響いた。

「おお、さすがは老中青山忠裕様のご家来じゃ。堂に入った声音かな」

と小籐次が呟き、

「そなたらも中田新八どのとおしんさんに負けるでないぞ」

とひよっこ侍を鼓舞した。


表門がぎいっと開かれ、鉢巻襷がけの門閥派の警護組頭が門前に飛び出すや、大手を広げ、急使の馬を止める様子を見せた。すると段々と近づく馬の鞍上から、

「急使にござる。ご門の乗り打ちご免！」

と声がして、早馬はそのまま門内に突入する気配を見せた。

「ご使者、お待ちあれ。下馬なされよ。庭は狭うござるぞ！」

と表門警護の組頭が叫んだ。

早馬の手綱が引き絞られ、表門を警護する門閥派の家臣七、八人の前に、
どうどうどうっ
と馬を制止する声がして、止まった。

「ご使者、ご苦労に存ずる」

と手綱を取ろうとした組頭の肩を、急使に扮した中田新八がいきなり蹴り倒し、新八の背にぴたりと張り付くように乗っていたおしんの手から門扉や地面に向け、硝煙に七味胡椒をまぶした爆裂弾が次々と飛んで、爆発音と一緒に七味胡椒の粉が辺りに舞い散り、警護陣の目を刺激した。

だが、そのときには新八は馬腹を蹴って、門内に馬を入れていた。そして、篝火の中、穂高屋の母屋に向うとその前で曲がり、母屋を迂回して、大きく開かれた裏門へ抜けようとした。

「ご使者どの、馬を止められよ」

こちらでも裏門の警護の組頭が庭を駆け抜けてきた馬を制止しようとした。すると人馬一体の鮮やかな手綱さばきで見事に止まり、

「ほおれ、これを食らえ」

とまた七味胡椒入りの硝煙玉が投げられて裏門付近を混乱に陥れた。

新八とおしんの乗る馬が裏門から飛び出ると、小籐次が、

「中田どの、おしんさん、ご苦労にござった」

と轡《くつわ》に飛び付き、馬を制止した。心得たおしんが馬から飛び降り、新八が続いた。

「もう一働きしてくれよ」

と小籐次が馬の首を回して裏門に向け、尻を叩くと、馬はくしゃみの大合唱の裏門に飛び込み、さらに混乱を増幅させた。

「常吉、塀を乗り越えて厩に走れ」

「合点です」

欣也らが混乱の裏門からだいぶ離れた塀に梯子を立てかけ、まず常吉が梯子をするすると駆け登って御寮の敷地に飛び込んだ。続いて小籐次が、さらに新八、おしん、欣也らひよっこ侍が梯子を駆け登り、次々に敷地に飛び込んでいった。

真っ先に敷地に下り立った常吉は厩に走ると扉を開き、騒ぎにこつこつと蹄《ひづめ》で羽目板を蹴る裸馬の柵を次々に外して、庭に放った。

その数、七頭が混乱の敷地を駆け回り、騒ぎを増幅することになった。

欣也らは保典の家来衆が囚われていると思われる納屋に飛び込んだ。そこには二人見張りがいて、土間の一角の格子囲いの中に囚われた八人の保典の家来を見張っていた。

「何奴か」

見張りの家臣が手拭いで覆面をした欣也らを誰何した。

欣也が手拭いを引き剝がし、

「松平保雅様近習古林欣也、推参！」

と名乗ると、

「おおっ、欣也か」

「救いを待っておったぞ」

と格子囲いの中から口々に朋輩が叫んだ。

「そなたら、格子囲いの鍵を開けよ」

「なにを言う。われら、国家老小埜様の命により謀反の家臣を監禁しておるのじゃ」

「謀反は小埜文左衛門どのと分家の光豊どののほうじゃ。すでにこの屋敷には幕府老中青山忠裕様の手が入っておるぞ。この騒ぎ、江戸にて幕府五手掛《ごてがかり》にて裁かれようぞ！」

と欣也が朗々とした声で警告したのを聞いた見張りの二人が顔を見合わせ、狼狽《うろた》えた。

「鍵を開けねば斬る」

と伊藤十兵衛らが迫り、

「まっ、待ってくれ。われら、事情を一切知らされておらぬ。鍵は開ける、斬らんでくれ」

門閥派の幹部の命で見張りに就いていたうちの一人が格子囲いの鍵を開け、中の囚われ人を外に出した。

「欣也、助かった」

と真っ先に牢から出てきた菅野一郎太が見張りの大小を腰から抜き、

「そなたら、われらに代わって牢に入っておれ。そのほうが命を落とさずに済むぞ」

と形勢逆転の立場を利用して命じた。無腰になった二人は素直に格子囲いに入り、鍵が掛けられた。

「よし、保典様の救出ぞ」

欣也の力強い声に、救い出された八人それぞれが納屋にあった槍や六尺棒を手にした。

「一郎太、保典様は母屋じゃな」

「座敷牢が母屋の仏間に造られておるというぞ」

「よし、なんとしてもわれらの手でお救い致す」

欣也、十兵衛、唐次郎の三人に菅野一郎太ら八人が加わり、十一人が納屋を出ようとすると、常吉が飛び込んできて、

「欣也さん、表門も裏門も、門閥派はくしゃみやら鼻水やらで戦うどころじゃないぞ。それにわしが厩の馬を追い立てたでな、まるで松野のわさび田祭りのような大騒ぎだぞ」

と報告した。

「常吉、続け。次は保典様の救出ぞ」

「おおっ」

欣也の呼びかけに十一人が呼応して納屋から母屋に向かった。

そのとき、小籐次、新八、おしんの三人は御寮の離れ屋に迫っていた。

離れ屋では騒ぎに泉水側の縁側の障子が開かれ、恰幅のいい人影が二つ並んで表門付近から聞こえるくしゃみを腹立たしげに聞いていた。

「だれかおらぬか。この騒ぎはなんじゃ」

苛立つ声は甲高く、どしんどしんと廊下の床を踏み鳴らした。

分家の松平光豊だ。その相手を務める穂高屋の隠居の総右衛門が、

「光豊様、ご家老の使者が着いた様子。なんでございましょうな、この騒ぎ」

「城下でなんぞ手順が狂うたか。小埜の手勢が早到着したかのう」

「いささか約束の刻限より早うございますな」

「赤目小籐次なる者が城下に潜入しておるというで、予定を早めたやもしれぬ。使者はその先触れではないか」

「それにしても、なんの騒ぎにございますかな」

「まさか赤目の襲来ではあるまいな」

「赤目小籐次はいけません。なにしろ武勇で名高い肥前の小城藩など大名四家を向こうに回し、孤軍奮闘して勝ちを得た武芸者じゃそうな。そのような男がなぜ松野藩に目をつけたのですかな、光豊様」

「最前からなんど同じことを繰り返しておる。爺侍など成瀬彦兵衛が叩き斬ってくれるわ」

「成瀬様方こそ、そろそろお見えになってもよい頃」

と穂高屋の隠居が言ったとき、三つの影が庭に姿を見せた。

「松野藩分家当主松平光豊様じゃな」

と小籐次が声を発し、

「そのほうら、何奴か」

と光豊が誰何した。

「赤目小籐次にござる」

「しゃっ。酔いどれ小籐次がかような郷にまで出没しおったか」

「そなたらの謀反、すでに保雅様および幕府老中青山忠裕様の知るところである。大人しゅうしなされよ」

「なんとな」

と驚きの声を光豊が発したとき、
わあっ
という歓声が母屋から響き、

「赤目様、保典様のお身柄、われらの手にございますぞ！」

と欣也の声がした。

「聞いての通り。呑み込めましたかな、光豊様」

「おのれ」

と歯ぎしりした光豊が、

「小埜文左衛門はどうしておるのじゃ」

と松野城下の方角を見た。

「光豊様、小埜様方がこちらに見えることはありますまい。御番衆総頭御嶽十郎左衛門様が望峯庵を出られ、配下の御番衆を率いて、小埜様と門閥派の動きを封じ込められましたからな」

小籐次が答えた次第は、十郎左衛門と打ち合わせ、常吉を使いに立ててのことだった。

「なにっ、御嶽が寝返ったか」

「寝返ったわけではござらぬ。保雅様が参勤にて出府なされるとき、御嶽十郎左衛門様をそなたら門閥派の抑えとして松野城下に残されたのでござる。病と称して望峯庵に隠遁しておられたのはこの日のため」

「おのれ、御嶽め。予の前では門閥派に忠義を誓うなどとぬかしおったが」

「ほれ、そのように偽病人の言葉などに惑わされるから、かような仕儀に陥りますのじゃ」

と小籐次が言ったとき、おしんが、

「赤目様」

と切迫した声で異変を告げた。

そのおしんの姿がふわりと消えて、小籐次が庭を見ると、成瀬彦兵衛が抜き身を一人の武家に突きつけて姿を見せた。その背後から欣也らが成瀬道場の門弟らと睨み合いながらこちらに近付いてきた。

「赤目様、申し訳ございません。保典様をお救いしたまではよかったのですが、成瀬道場の一党が飛び込んできて、保典様を危険に晒《さら》すことになりました」

欣也の言葉は切迫して悲鳴に聞こえた。

「赤目小籐次、大言壮語の断片、しかと聞いた。保典様の命が惜しくば、刀を捨てよ」

と成瀬が嘯《うそぶ》いた。

「ほう、そなたらは小埜文左衛門らと別に動いておったか」

「なんとのう、穂高屋の御寮がきな臭いゆえ、先行して参った。さあて、わしの命が耳に届いておろうな」

成瀬彦兵衛の言葉に、小籐次が次直の下げ緒を帯から解いた。

「光豊様、こちらに」

と成瀬彦兵衛が勝ち誇った声を上げた。

「助かったぞ、成瀬」

と離れ屋の縁側から沓脱ぎ石の履物へ片足を下ろそうとした光豊の首筋に冷たいものが触れた。

「光豊様、南蛮短筒にございましてね。鉄砲の弾が五発続けざまに撃ち出される代物にございますよ。試してみますか、成瀬彦兵衛様」

と、おしんが黒光りする異国の輪胴式連発短筒の銃口をぐいっと光豊に押し付けたかと思うと、
ひょい
と外し、虚空に向けて一発発射した。

ズドーン
という銃声はその場にいる両派を驚かすに十分なものだった。

「成瀬彦兵衛どの、お分りにございましょうな。おしんさんの手の短筒はいささか気が短うございましてな」

と小籐次が言い、

「さてさて成瀬彦兵衛どの、これで五分と五分じゃ。どうしたものか」

と解きかけた下げ緒を戻し、

「保典様と光豊様の身柄を交換致しましょうか」

と提案した。

成瀬は保典の首に刃を押し当てて沈黙したままだ。

「聞かねば、おしんさんの指に力が入り、光豊様の首に大穴が開くだけの話」

「彦兵衛、助けてくれ」

と光豊が悲鳴を上げた。

「よし、庭先で二人の身柄を交換致す」

と成瀬彦兵衛が応じた。

「おしんさん、光豊様の首から短筒の銃口を外さんでくれよ。ゆっくりと庭に下ろすのじゃ」

「酔いどれ様、合点承知之助よ」

と江戸藩邸育ちのおしんが伝法《でんぽう》な口調で応じ、

「ささっ、ゆっくりと沓脱ぎ石に片足を下ろしなされ」

と命じた。

成瀬彦兵衛もまた抜き身を保典の首筋に突きつけたまま、光豊のほうに歩み寄っていった。

「動くでないぞ、赤目小籐次」

ちらりと小籐次の動きを牽制した成瀬と保典、そして、おしんに銃口を突きつけられた光豊の二組四人が御寮の庭先半間で睨み合った。
「分家どの、なんという愚かなことを企てられたものか」
と蔑むように保典が光豊に言い、
「言うな。松野藩に妾腹の血は要らぬ」
と叫んだ。
その声に成瀬彦兵衛の注意が光豊にいった。
そのとき、小籐次の手が破れ笠に触れ、竹とんぼを抜き取り、一気に捻り上げた。
ぶうーん
と地表近くに一気に下りた竹とんぼが篝火を避けて成瀬彦兵衛に迫ると、
ふっ
と気配もなく上昇し、抜き身を突きつけた成瀬の手の甲を掠めて頬を襲った。
さっ
と尖った竹片の刃が成瀬彦兵衛の頬を割り、血飛沫《ちしぶき》が上がった。
「おっ」

予期せぬ奇襲に、保典に突きつけた刃が外れた。

つつつ
と姿勢を低めて間合いを詰めた小籐次の手が次直の柄に掛かり、小籐次の襲撃に気付いた成瀬彦兵衛が刃を巡らそうとした胴に一瞬早く、深々と備中次直の刃渡二尺一寸三分が食い込んで引き回された。

ぎえぇっ！

と絶叫を残した成瀬の体が泉水まで転がり飛んだ。

「保典様、それがしの背後に」

と保典に命じた小籐次がするすると光豊に走り寄ると、

「光豊様、主への謀反の報い、受けられよ」

と肩口から袈裟《けさ》に存分に斬り下ろした。

光豊は恐怖に顔を歪めて刃を受けたが、声を発する暇はなかった。その場に押し潰されるように斃れた光豊の耳に、

「来島水軍流流れ胴斬り、波小舟」

の小籐次の声は届かなかった。

それが譜代大名信州松野藩六万石の御家騒動の終わりを告げる声になった。

第五章　酔いどれと殿様

一

松平保典に随行して小籐次と古林欣也が江戸に戻ったとき、桜の花は散り、葉桜の季節を迎えていた。

老中青山忠裕の密偵中田新八とおしんは、松野藩の御家騒動の顚末《てんまつ》を見届けると一足先に江戸に戻っていた。

小籐次は保典の強い要請で、松野藩の騒ぎが落ち着くまで松野城下に滞在し、保典が御番衆総頭御嶽十郎左衛門ら親保雅派の忠臣らとともに、松野門閥派を主導した国家老小埜文左衛門ら数人の処断を敢行するのを見守ってきた。

御嶽十郎左衛門が療養のためと称して滞在していた望峯庵を出て、密かに連絡を取り合っていた御番衆に命を発したのは、小籐次の急使の佐竹常吉が早馬で書状を届けたからだ。

十郎左衛門は、保典が幽閉されていた穂高屋の御寮に乗り込もうとした門閥派主力隊の機先を制して国家老屋敷に乗り込み、保雅の上意を明らかにして小埜文左衛門ら主導者を捕縛した。だが、小埜の知恵袋といわれた大目付奥村勝倖と、腹心の海野甲司郎、さらに文左衛門の甥の新五郎が、捕り方の手を逃れて松野領内から姿を消していた。

ともあれ藩主保雅を幕府が強く支持し、老中青山忠裕の密偵がすでに城下入りしていると聞かされた門閥派の大半が十郎左衛門率いる御番衆の前に、

「保雅への恭順」

を誓ったために門閥派は総崩れになった。

国家老をはじめとする門閥派幹部五人の処断は苛烈《かれつ》を極め、小埜文左衛門ら三人が切腹の上に御家断絶、残りの二人が家禄没収、蟄居の沙汰を受けて、その日の内に断行された。

のちに、

「松野騒動」

と呼ばれる譜代大名松野藩の騒ぎは、かくて終息を迎えた。

騒ぎが鎮まるまで小籐次は保典の傍らに従い、無言裡《り》に保雅の意思を訴え続けた。

松野城下が平静を取り戻したのは、穂高屋の御寮で分家の光豊が小籐次に、

「処断」

された日から十数日後のことだ。

不在になった国家老の職務を補職されたのは、御番衆総頭の御嶽十郎左衛門だ。かくて藩主嫡子松平保典の、長期にわたる領内巡察は終わり、江戸へと戻ることになった。

嫡子保典一行は松野城下を発って城下を見下ろす五千石峠に差し掛かり、保典が城下を振り向くと、

「赤目小籐次様、こたびは世話になり申した」

と丁寧に礼を述べた。

「保典様、そのような言葉は無用に願います。それがし、若き日のお父上の悪さ仲間にござれば、心を許し合うた仲間の願いを聞き届けるのは至極当然のことにございます」

「赤目様、日頃厳格な父にそのような放埒な時代があったと知り、親しみが湧きましてございます」

「保典様、若い折はだれしも大なり小なり主や両親の頸木を離れて、気まま放埒に生きてみたいという欲望があるものにございます。保典様にはございませんかな」

「私はただ今の境遇を当たり前のこととして受け入れ、当たり前のこととして父の後を継ぐ身と考えておりました。しかし、こたびの騒ぎで家臣団と領民を率いる大名とは二千余人の家臣と十二万余の領民を束ね、幸せにするために常に注意を怠らず、万が一の場合は命を捨てる覚悟で戦い、守らねばならぬものであることを思い知らされました」

「保典様、よう仰せられました。お父上も部屋住みの身から六万石の譜代大名に就くために幾多の困難を乗り越えてこられたのです。保典様とて同じ道を辿らねば藩主の座に就くことはできますまい。そのことを、こたびの騒動から保典様は学ばれました。貴重な経験にございましたな」

「赤目様、江戸への道々、父の若き日のことを教えて下され。父のことをもっと知りとうなりました」

と保典が小籐次に言うと、視線を巡らせて松野城下を見下ろしたものだ。

小籐次は保典一行と江戸城の御堀に架かる呉服橋で別れを告げた。

「赤目様、父に会うていって下さりませぬので」

「保典様、われらがもし昔馴染みと呼ぶことを許されるならば、酔いどれ小籐次と殿様は、どこにいようと心と心が結ばれておりますで、一々会わずともよいのでございますよ」

「そうであろうか。父上がなぜ赤目様を屋敷まで連れてこなんだと嘆かれましょう」

と保典が小籐次の翻意を促そうとしたが、

「保典様、この爺に御用のあるときは、芝口橋の紙問屋久慈屋に使いを立てて下さりませ。すぐに駆け付けますでな」

「それもよいが、私が出向いてもよかろうか」

「わが住まいは九尺二間の裏長屋にございますぞ。未だ譜代大名の嫡子を迎えたことはございませんでな。長屋の連中が腰を抜かしましょう」

と小籐次が笑いかけると、松野城下から徒歩を通した保典が、

「赤目様には美貌の歌人がついておられるそうな。その女性《にょしょう》を望外川荘という別邸に住まわせておるそうではありませんか。お長屋がだめなら、そちらに寄せてもらいます」

　小籐次は保典の顔から古林欣也に視線を向けた。

「欣也どの、保典様を唆されたな」

「老中青山様を迎えられた望外川荘なれば、わが殿と保典様をお迎えするにふさわしかろうと考えました。なんの不都合もございますまい」

　と欣也が笑った。

　どうやらひよっこ侍の筆頭古林欣也も、こたびの松野行でふてぶてしさと強《したた》かさを身につけたようだ。

「欣也どの、おりょう様にお伺いしてみよう」

「北村おりょう様は、赤目様の頼みならば万が一にもお断わりなどなされますまい」

「ひよっこが、あれこれと老獪《ろうかい》なる手練手管を覚えおったわ」

　と呟いた小籐次は、

「さらばにございます、保典様、欣也どの」

と主従に挨拶し、くるりと身を返すと、呉服橋を東に向い、通《とおり》一丁目と二丁目の辻を右に曲がった。

(長屋にも久慈屋にも手土産の一つもないが、どうしたものか)

と思案しながら京橋を越えた。

(まあ致し方ない。御用が御用じゃ、白髪頭を下げようか)

と芝口橋の久慈屋の店先に立った。

八つ半の刻限で、久慈屋の店先は客も絶えて静かだった。

「おや、戻られましたな」

と番頭の観右衛門が目ざとく見つけて言った。

「長々と不在にいたし、久慈屋どのにも迷惑をかけたことと存ずる。長屋に変わりはございませぬかな」

「駿太郎さんならばすっかりお麻さんの家の子になられたようで、姉様のお夕ちゃんと新兵衛さんの世話をしておりますぞ」

「それは困った。もはや爺の顔を覚えておりませぬかな」

「さあて、どうでございましょう」

と久慈屋の大番頭がにやにやと笑った。すると奉公人が笑みを堪え、小僧の梅

吉までもが、

「赤目様、ご心配ですね」

と小籐次をからかった。

「大丈夫、駿太郎様は親父様がだれか分っていますよ」

「梅吉さんや、この顔を忘れてはおらぬかのう」

「昨日もお夕ちゃんと店に見えて、爺じいはまだ戻らぬかと尋ねていかれましたよ」

と観右衛門も打ち明けた。

「おお、それはよかった。となると手土産の一つも購うてくるのであったが、どうしたものか」

と小籐次を新たな悩みが襲った。

「赤目様、松野土産はすでに届いておりますよ」

「それがし、松野土産など送った覚えはないがのう」

「いえね、松野藩の上屋敷の用人様がうちにお見えになって、もうそろそろ赤目様が江戸にお戻りになる。こたびは御用が多忙で松野城下にて土産を買う暇もなかろうと、松野土産をあれこれと届けていかれたのでございますよ」

「それはまた殿様は早手回しじゃな」

「さすがは部屋住みで人情に通じた殿様にございますよ」

と観右衛門が褒めた。

「まだ夕刻には間がございます。奥に顔出しして旦那様方に挨拶していかれませぬか」

「そうじゃな。世話になった久慈屋どのに挨拶なしで長屋に急ぐのも気がひける。昌右衛門どの方に戻ってきた挨拶をなそう。まずは井戸端で足の埃を落とそうか」

と三和土廊下に向った。

「おお、そうじゃ。円太郎親方が拵えてくれた革底の足袋がいかい役に立った。長旅をしても足がくたびれなかったで、後日お礼に参ろう」

と観右衛門に言った。

「その言葉を聞くと親方が喜びますよ。あちらでも、赤目様の帰りを首を長くして待っておられますからな」

という観右衛門の言葉を聞いて台所を抜け、裏庭に掘り抜かれた井戸に向った。

旅装を解いた小籐次が奥に向うと、久慈屋の庭の樹木は早新緑の季節を迎えようとしていた。

(おお、そうだ。おやえどのと浩介どのの祝言はどうなったか)

とそのことを小籐次が気にしながら廊下を行くと、奥座敷から賑やかな声が聞こえてきた。

「ただ今戻りました」

と廊下に座すと、久慈屋の婿に入る浩介や観右衛門がすでにいた。そして、皆が揃った座敷の奥には衣桁《いこう》に花嫁衣装が飾られて、華やいだ雰囲気を醸し出していた。その上、畳や襖なども新しくなって祝言を待つばかりの仕度が整っていた。

久慈屋では若い二人をいつまでも待たせてはいけないと考えたか、祝言の段取りを始めているようだった。

「おやえどのと浩介どのの祝言の日取りが決まったようですな」

と小籐次が訊くと、

「本家に、早く久慈屋の跡継ぎを決めるのも当代の務めと叱られましてな」

と昌右衛門が言い訳した。それに、と観右衛門も言い出した。

「赤目様の帰着がいつになるかやきもきしながら、松野藩江戸屋敷に時折使いを立て、お伺いしておりましたよ。なにはともあれ延ばした甲斐がありました。天下の酔いどれ小籐次様のおられぬ祝言は寂しゅうございますでな」

「爺が一人出ようと出まいと、久慈屋様の祝言に関わりございますまい」

「それがそうでもございませんでな」

　と昌右衛門が答え、

「祝言にお招きした人が口々に、赤目様は呼ばれたのでしょうなと念を押されますので。こたびの祝言は花嫁花婿をさしおいて赤目小籐次様の人気が高うて、私どもも改めてびっくり仰天しております」

「そのようなことがあろうか」

「赤目様、旦那様の言葉は嘘ではございませんでな。なにしろお招きのお客様の他に、私を呼んで下され、当家を外すことはあるまいな、とあちらこちらから押し掛け客がございましてな。とてもこの座敷では祝言が行えません。そこで芝神明《しばしん》社《めいしゃ》様で式を執り行い、祝いの席は別に料理屋に設けることにしたくらいです」

「それは盛大な祝いにございますな。久慈屋さんの日頃のお付き合いが広い証しにございましょう」

「知らぬは酔いどれ様ばかり」

と観右衛門が言い、おやえが、

「赤目様に断わりもなく差し出がましいことを致しました。お怒りにならないで下さい」

と案じ顔で言い出した。

「差し出がましいこととな。なんであろうか」

と小籐次が首を捻った。

「いえね、客の中には、赤目様が招かれるならば北村おりょう様もぜひご一緒にという要望がたくさんございましてな。私がお叱りを覚悟で望外川荘をお訪ねいたしましたので」

「なにっ、おりょう様も招かれたか」

「赤目様、迷惑にございましたか」

とおやえが気にした。

「それがしは迷惑ではないが、おりょう様がな、返答に困られたのではないか」

望外川荘の入手の経緯には、江戸の豪商の一人久慈屋の手助けがあったことはおりょうとて容易に推測がつくことだ。それだけに迷惑な申し出であっても断わるのは難しかろうと小籐次は考えたのだ。

「赤目様、すぐにお返事いただきましたぞ」

と観右衛門が言い切った。

「やはりお断わりになられたか。致し方あるまい」

と己を得心させるように小籐次が呟いた。

「いえ、そうではございません。おりょう様は赤目小籐次様が出席なさるならば喜んでお招きに与りますと言われたので」

と観右衛門が満足げな顔で言い切った。

「なに、おりょう様も祝言に出られるか」

「赤目様、やはり迷惑でございますか」

「迷惑などあろうか。して式はいつじゃな」

「赤目様が江戸に戻られましたので近々、黄道吉日《こうどうきちにち》を選んで執り行います」

「これはまた江戸に戻っても騒がしいことよ。ならば明日にもおりょう様に挨拶に伺わねば」

小籐次は川向こうにも太郎吉どのとうづどのの祝言が待っていたな、まさか久慈屋が先とは思いもしなかったと、太郎吉とうづに思いを致した。

「松野藩でも無事に騒ぎが治まったとか。どうです、ご帰着の酒を一杯」

「昌右衛門どの、こちらで腰を落ち着けると長屋に戻るのが遅うなります。ご挨拶だけで本日は失礼致しとう存じます」

と小籐次は立ち上がった。

「駿太郎さんのこともございますでな。本日は無理に引き止めません」

「赤目様、祝言のこと、くれぐれもお忘れなきよう」

と久慈屋の主と花嫁に念を押されて久慈屋の奥から退出した。

久慈屋の家作の一軒である新兵衛長屋では、木戸口に大工が入り、腐りかけた木戸柱の取り換え作業が行われていた。仕事が暇か、版木職人の勝五郎が、

「親方、もそっと奥に立てねえと傾いた木戸になるぜ」

と口を挟んでいた。

お麻に長屋の大人たち、お夕や保吉の子供に交じり、駿太郎も作業を見物していた。その手には鉋屑があった。

「ただ今戻った」

と小籐次が声をかけると一斉に長屋の面々が振り返り、駿太郎が、

「爺じい！」

と喜びの声を上げた。

「どれどれ、駿太郎、爺じいに抱かせてみよ」

飛びかかってきた駿太郎を両腕に抱き上げると、ずしりと重かった。

「おお、長屋の衆のおかげで一段と大きゅうなった。お麻さん、皆の衆、お礼を申しますぞ」

「赤目小籐次がようやく戻ってきたか。信州の譜代大名の騒ぎじゃあ、読売のネタにもなるめえ。やっぱりよ、酔いどれ様は江戸が似合うぜ」

と勝五郎がなんとなく腹に一物ありそうな表情で笑った。

「駿太郎が世話になりっぱなしで手土産一つもない。申し訳ござらぬ」

「酔いどれの旦那、おめえさんの部屋に入って驚くな。お屋敷からよ、信州の酒が菰樽《こもだる》で届いているぜ」

「なに、松野藩が気を利かしたと久慈屋で聞いたが、長屋にも届いておるのか」

「おうさ。子供には玩具《おもちゃ》、女には甘いもんがな」

小籐次が駿太郎を抱いたまま部屋に向うと、勝五郎が心得て腰板障子を開いた。

すると九尺二間の上がり框に、菰樽やら鮒《ふな》の甘露煮の桶《おけ》やらわさび漬けやら胡桃《くるみ》餅やらの松野の名産が並べられてあった。

「品川の若様も大人になられたということか」

と呟いた小籐次が、

「勝五郎どの、これで江戸戻りの祝いをちくと致そうか」

「そうこなくっちゃ」

と勝五郎が答えたところで、

「赤目様、駿太郎ちゃんを連れて湯屋に行かれてはどうです。その間に酒、肴《さかな》の仕度をしておきますよ」

と二人の背後からお麻の声がした。

「そいつはいい考えだ。おっ母、湯の仕度をしてくんな。保吉も連れていくからよ」

と勝五郎の声が長屋の木戸口に響いて、小籐次も狭い土間に駿太郎を下ろし、急ぎ旅装を解いた。

二

翌朝、駿太郎を伴い、久しぶりに仕事舟に研ぎ道具を乗せ、須崎村の望外川荘に向った。

江戸は穏やかな朝景色で浜御殿から散った八重桜の花びらが石垣の縁《へり》に花いかだを作り、その中を小舟が行くと、花弁の敷きものが二つに分れて水面を漂った。

駿太郎は小舟の切っ先が花の水面を分けて進むのが面白いのか、舳先から身を乗り出して片手を花いかだに突っ込んでいたが、ふいに顔を上げ、

「爺じい、気持ちが悪い」

と言い出した。

顔色が青褪《あおざ》めて、気分が悪そうだった。

「間近で桜の花びらを見ておるからな、桜の精が悪戯《いたずら》したのじゃ。こっちにこよ。爺じいの櫓《ろ》を手伝え。さすれば桜酔いなどすぐに治るわ」

「桜のせいとはなんだ、爺じい」

「桜の木は格別なものよ。一本一本の桜にな、目には見えぬが桜の精が、そうじゃな、神様が宿っておられるのよ」

「散った花びらにもか」

「むろん散ったばかりの花びらにもな」

駿太郎は舳先から器用にも小舟の中を飛んで、艫にやってきた。そして、小籐

次と並んで櫓に縋りついた。

「ゆったりと櫓を漕げ。さすれば桜酔いなどすぐ消える」

小籐次が片手で漕ぐ傍らに、足を踏ん張った駿太郎が両手で櫓にしがみつき、小籐次の動きに合わせた。

小舟は浜御殿脇の築地川を抜け、江戸の内海に出た。

潮騒《しおさい》も聞こえるか聞こえぬか、しごく穏やかで海面も静かだった。

「おお、櫓の扱いが堂に入ってきたわ」

「これでよいか、爺じい」

「もそっと体が大きゅうなれば、そなたは立派な漕ぎ手になろうぞ」

「駿太郎はせんどうになってもよい」

「お侍は止めて船頭か。それもまたよしかな」

体を動かしたせいで、駿太郎の顔に赤みが戻ってきた。

「どうやら桜酔いも治ったな」

「なおった。腹がすいたぞ」

「なに、腹が減ったか。おりょう様のところで朝餉を頂戴すれば元気も出よう。爺じいが願うてみようか」

小舟には、松平保雅が気にかけて長屋に届けてくれた領内の産物、鮒の甘露煮やわさび漬けや蕎麦粉などが積まれていた。

江戸の内海から大川へと、小舟はゆったりと漕ぎ上がった。すると大川の両岸にも花いかだが広がっていた。

駿太郎は飽きもせず櫓に縋って須崎村まで漕ぎ通し、長命寺の北側の堀へと舳先を入れ、湧水池に面した望外川荘の船着場に接岸した。

この界隈は川向こうの江戸より気温が低いのか、池の周りの桜の花が靄の中に浮かぶ様はなんとも幻想的で、武骨な小籐次も、

「これはよき眺めかな。それがしに歌心があれば一首ものするところじゃが、まあ、そちらはおりょう様にお任せせじゃ」

と呟きながら小舟を杭に舫った。

「爺じい、てつだうぞ」

駿太郎が小舟から船着場に這い上がった。

「蕎麦粉が持てるか」

「もてる」

と布袋に入った信州の蕎麦粉を両手で持ち上げ、顔を真っ赤にして、

「おりょう様のところまで持っていく」

「よし、頑張ってみよ」

小籐次は小舟に研ぎ道具を残すと、甘露煮が入った木の小桶やわさび漬けなど信州の産物の数々を抱え、駿太郎と望外川荘の裏門に向った。すでに百助が閂《かんぬき》を外したか、扉を押すと開いた。

最初、望外川荘を購ったとき、船着場から竹林へ枝折戸《しおりど》があっただけだったが、女主が住む屋敷、不用心ゆえに望外川荘の船着場口にも門が下りる門を設えたのだ。

駿太郎はうんうん唸りながらも蕎麦粉を運んでいく。

「どうじゃ。ひとやすみするか」

「爺じい、駿太郎はやすみなどせぬぞ。男じゃからな」

「ほうほう、いかにも駿太郎は立派な男子《おのこ》よ」

小籐次に励まされ、なんとか望外川荘の泉水に突き出て建てられた茶室、不酔庵《ふすいあん》の傍らに差し掛かった。

「ほれ、おりょう様の屋敷が見えるぞ。もう少しじゃぞ」

ちょうどおしげが縁側の雨戸を押し開けるところで庭に小籐次と駿太郎の姿を

認めて、

「おや、芝から客人が見えましたぞ、おりょう様」

と奥に叫んだ。すると最初に若い娘のあいが姿を見せ、続いておりょうが縁側に立つと、

「まあ、駿太郎様がなんぞ両手で運んでおられますよ」

と言いながら、沓脱ぎ石の上に揃えてあった庭下駄を履き、

「赤目様、お帰りなされませ。駿太郎様、養父《ちち》上《うえ》のお手伝いにございますか」

と呼びかけながら、笑みを浮かべて二人に歩み寄ってきた。

「信州松野城下からいつ戻られました」

「昨日ようやく戻ることができ申した。おりょう様、話はあとにしてもらえませぬか。信州の産物を縁側まで運ばねばなりませぬ」

「駿太郎様、おりょうにお渡しなされませ」

「だめじゃ、おりょう様。駿太郎は大人になったらせんどうになるぞ、じゃから力をつけぬといかんのじゃ」

「あれあれ、駿太郎様は船頭さんにおなりですか」

「そうきめた。じゃから、あそこまで」

と言いながら、よたよたと蕎麦粉の袋をなんとか縁側に運び込み、

「ふうっ、つかれた」

と沓脱ぎ石にどたりと小さな腰を下ろした。

「なんと、蕎麦粉をお一人で運んでこられましたか。しげでも手に余る重さにございましょうに」

「おしげさんは女じゃ。駿太郎は男じゃからな、がんばった」

おりょうと小籐次が縁側に辿りつき、

「どれどれ、りょうにも信州松野の名物を持たせてくださいませ」

と縁側に置かれた蕎麦粉の袋を持ち上げ、

「おお、これは重うございます。ようも駿太郎様お一人で運んでこられましたね」

とおりょうが蕎麦粉をおしげに渡し、両腕で駿太郎を抱き上げた。

「そばと駿太郎はどちらがおもい」

「それは断然駿太郎様が重うございますよ。りょうの両腕にずしりと重さが感じられます。よう食べて、よう体を動かされるからでございますよ」

「おりょう様、駿太郎はせんどうになれるか」

「立派な船頭さんになれますよ」

おりょうの返答に満足げに笑った駿太郎が、

「はらがへった」

と言い出した。

「おや、大変、赤目様方は朝餉ぬきでしたか。おしげ、あい、赤目様方に急いで膳の仕度をして下さい」

と願い、おしげとあいが信州名物を手に台所に姿を消した。

「駿太郎様、今すぐに仕度をしますからね。ちょっとだけお待ち下され」

と駿太郎に願ったおりょうが、

「数々のお品、松野城下から運んでこられたのでございますか」

と訊いたものだ。

「いえ、おりょう様、松野の殿様がこたびの礼代わりに長屋に届けて下されたものでございます」

と縁側に腰を下ろした小籐次が答えると、おりょうが得心したように首肯した。

「赤目様と信州松野藩の松平保雅様は昔馴染み、大和小路若衆組なる一統の朋輩にございますそうな。そう聞いて、りょうは驚きました」

「譜代大名の三男坊と貧乏小名の厩番が昔馴染み、朋輩というのもおかしいが、われら、若い日に徒党を組んで大人の真似ごとをしていたのは確かにござった。ただ、今から考えると冷や汗が出ます」

「いえ、品川の騒ぎでは異国に売られそうになった娘衆を助けられたとか」

「だれがそのようなことまでおりょう様に話しましたな」

「おや、江戸じゅうが承知の話ですよ」

「それはおかしい。さような昔話、だれにもした覚えはないが。むろん勝五郎どのが知るわけもない」

「知らぬは赤目様ばかりなり」

　とおりょうが答えるところに、あいが淹《い》れたてのお茶を運んできた。

「駿太郎様、ただ今ご飯が炊き上がりましたよ。駿太郎様は朝餉にはなにがお好きですか」

「まんまになまたまごがいい。お夕ちゃんの家では一つのたまごを二つに分けてたべるぞ」

「生卵が好物ですか。あれは美味しゅうございますが、お侍様の駿太郎様にはどうでございましょう」

　とあいが困った顔でおりょうを見た。

「あい、駿太郎様はお武家様より船頭になるのが夢じゃそうな。生卵で精をつけるのも大事でしょう」

と鷹揚に応じたおりょうが、

「駿太郎様、生卵を仕度させます。ですが、おみおつけも他の菜もお食べになると約束して下さいな」

「ぜんぶたべる」

「さすがお利口なお子様です。あい、台所に駿太郎様をお連れして」

と命じたおりょうにあいが、

「これをおしげさんがお持ちしろと」

と折り畳んだ読売をおりょうに渡した。

「赤目様、ほれ、ここに若き日の酔いどれ様とどこぞの殿様の行状が克明に書いてございますよ」

と差し出した。

「うーむ」

と小籐次が読売を広げると、大きな文字が目に飛び込んできた。

「天明七年初夏の品川大騒ぎ、
若き日の酔いどれ小籐次と譜代大名三男坊の活躍秘話」

小籐次はざっと読売を読んでびっくり仰天した。

「このような昔話を掘り起こしたのはだれか」

「それは赤目様の知り合い、読売屋の空蔵さんに決まっておりますよ」

「しまった。まさかかような過去の話まで穿《ほじく》り出されるとは、保雅様に申し訳が立たぬぞ」

と頭を抱える小籐次に、

「ご案じなされますな。この読売には松野藩とも松平保雅様とも一言も書いてございませんよ」

「じゃが、読む人が読んだらすぐに松野藩と分ろう」

と縁側から立ち上がった小籐次に、

「赤目様、お茶を喫して落ち着いて下さりませ」

「おりょう様、六万石の譜代大名の浮沈に関わることにござるぞ。えらいことになった。保雅様にどうお詫びしてよいか」

「ふっふっふ」

とおりょうが笑い、小籐次の手をとり、縁側に座らせ、茶碗を渡した。

「お茶など暢気《のんき》に喫している場合ではないが、どうしたものか」

と言いながらも小籐次は無意識のうちに茶を飲み、おりょうを見た。

「松平保雅様はこの読売をお読みだそうでございます」

「なにっ、保雅様が読まれたとな。えらいことじゃ。城中で保雅様が朋輩の大名方に白い目で見られたら、松野藩はどうなる」

「ふっふっふ」

と笑ったおりょうが、縁側でどうしてよいか分らぬ体の小籐次を見て、

「城中での松野の殿様の株が上がったそうにございます」

「はあっ、おりょう様、だれがそのようなことを」

「読売をお書きになった空蔵さんが望外川荘に見えて、じかにりょうに言われました」

「そのようなことがあろうか。あの者、またの名をほら蔵と申す強かな読売屋にござるぞ」

「いいえ、空蔵さんは間違ったことはお書きになりませんわ。この読売が江戸じゅ

うを騒がせたあと、空蔵さんは松野藩江戸屋敷に呼び出されたそうにございます」

「ほれ、みよ。大変なお叱りを受けたであろう」

「それが、反対にお褒めの言葉を江戸家老様から頂戴したそうな」

「そのようなことがあるはずもない」

「りょうの言葉を信じなされ、赤目様」

「いくらおりょう様の言葉とは申せ、この一件は無理にござる」

「いえ、もうしばらくりょうの言葉に耳をお貸し下さりませ」

とおりょうが願い、

「お城の詰めの間に、その日ご登城の大名方が次々にお見えになり、保雅様に、お手前じゃな、酔いどれ小籐次と親しい交わりがあるのは、いや、それがしにも赤目小籐次どのを紹介して下され、などと羨ましげに声をかけていかれるとか」

「おりょう様、周りは無責任にそのようなことを申すものにござる。幕閣の中には意地の悪いお方もおられよう。なんじゃ、松平保雅は品川村腹っぺらし組の頭分であったか、なんという人物を藩主に就けたものよ、などという人士が必ずおられましょう」

「赤目様は、他人様のこととなると過剰なほど心配なさるのですね」

「他人とは申せ、知らぬ仲ではござらぬからなあ。酔いどれ小籐次などという無頼の爺侍と付き合いがあるでは申し開きもできまい」

「この読売が売り出されて二日目、松平保雅様は城中で老中の御用部屋に出頭を命じられたそうな」

「ほれ、みよ。言わぬことではない。家禄半減の沙汰か、まさか六万石断絶ということはあるまい。いや、こたびのお家騒動が知れたらえらいことになるぞ」

おりょうが動転しっ放しの小籐次を呆れ顔で見ながら、

「保雅様を呼び出されたのは青山忠裕様にございました」

「おお、青山様か。ならばなんとか理解が得られよう。お叱り程度で済めばよいが」

「青山様は保雅様に『そなた、よい友を持っておられるな。向後も赤目小籐次との付き合い大事になされ』と激励なされたそうでございます」

「おりょう様、真にござるか」

「赤目様に虚言を弄《ろう》してどうなりましょう。そして、青山様はこうも仰せられたそうな。『国許の騒ぎ、赤目小籐次に任せておけば必ずや首尾をつけてくれよう』

とも。このようなことがございまして、空蔵さんが松野藩邸に呼ばれ、ご家老様から『ようも保雅様の善政に触れてくれた。これで松野城下の騒ぎもおさまろう』とお褒めの言葉を頂き、ご褒美まで頂戴されたそうでございますよ。ゆえに空蔵さんが望外川荘に見えて、報告していかれたのです」

おりょうの言葉を聞いても未だ小籐次は信じられなかった。

城中で噂になった大名家が朋輩の嫉妬を買い、いじめに遭った事例は御鑓拝借の発端を思い起こせば想像できることだった。

「赤目様、まずは落ち着いてくださいませ。もはや長々とは申しませぬ。ですが、最後に一言だけ、りょうの言葉を耳に入れて下さりませ」

小籐次は茶碗に残った茶を飲み干しておりょうを見た。

「なんなりと」

「松平保雅様の名が城中で高まったのは、むろん松野藩の藩政を立て直され、飢饉や大水にびくともせぬ政《まつりごと》をなさっておられるからにございます」

「もそっと早くそのような評価を得て、幕府の要職に登用されてもよい人物にござるぞ」

小籐次の言葉におりょうが頷き、

「これからの保雅様のご出世は、赤目小籐次様とのご交誼《こうぎ》いかんにかかって参ります」

「いかにもさよう。ゆえにこたびの騒ぎが収まったならば、それがし、保雅様にお目にかかることはあるまい。本来ならば、それがしとの関わりを空蔵どのが書かなければよかったのじゃ」

と小籐次の悔いはそこに戻った。

おりょうがゆっくりと顔を横に振った。

「それはなりませぬ。保雅様がこれから城中で出世なさるには、赤目小籐次様との付き合いがあればこそでございます」

「おりょう様、それは違う」

「御鑓拝借以来、赤目様が重ねてこられた勲しの数々は、もはや三百諸侯のだれもが認めるものでございます。赤目様が若い時代のように保雅様とお会いになられるならば、そのこと自体保雅様の存在を大きくすることにございます」

「そのようなことがあろうはずもない」

「いえ、そうではございません。城中で保雅様の名声が上がるならば、ひいては赤目様の旧主久留島通嘉様にも光があたることにございます。それほど赤目小籐次様の名はだれもが無視できないのでございます」

珍しくも饒舌《じょうぜつ》なおりょうの言葉を、小籐次は黙って聞いている他はなかった。

三

小籐次は砥石《といし》に向い、神経を集中して刃を研ぎにかけた。

昼下がりの陽射《ひざ》しの中、浅草寺御用達畳職の金看板を掲げる備前屋梅五郎の店頭に仕事場を設けて、久しぶりの研ぎ仕事を始めたところだ。

望外川荘で朝餉を馳走になり、駒形堂の船着場に小舟を寄せて、備前屋を訪ねると、

「おっ、酔いどれ様のご入来だ」

と隠居の梅五郎が言ったものだ。

「親方、相すまぬ。長い間、顔を見せんで、いささか敷居が高うござるが、研ぎ仕事を頂戴できようか。本日の研ぎ料は、無料にておこなう所存にござる」

梅五郎が顔の前で大きく横に手を振った。

「赤目様、なにを言っておられるので。昔の仲間を助けに信州松野城下まで遠出

したってね。信義に厚い赤目様だ、そんなことで驚く梅五郎ではないが、まさか若い時分にさ、譜代大名六万石の若様とつるんで品川宿をのし歩いていたなんて、こりゃ、赤目様でなければありえない話だぜ」

「なにっ、親方もそのことを承知か」

小籐次は愕然《がくぜん》とした。おりょうから聞かされた話が未だ胃の腑あたりで蟠《わだかま》っていた。

「承知もなにも、江戸じゅうが松平保雅様と赤目小籐次様の付き合いは知ってらあね。城中でも評判だってね」

ところちらは喜色満面だ。

「無頼爺と知り合いだなんぞ、あまり自慢にもならぬわ。世間にこれ以上、広まらなければよいがのう」

小籐次は、未だおりょうから告げられた読売の一件に拘っていた。

「なに言ってんだい。この世の中、窮屈な話ばかりだ。譜代大名の殿様なんぞはさ、幕府開闢《かいびやく》以来、代を数えて十代目、十一代目なんて乳母日傘《おんばひがさ》のお育ちの殿様ばかりだ。そこへさ、松野の殿様は妾腹の三男坊からなんと六万石の殿様になっちまった。別に悪巧みでなったわけじゃねえぜ。なるようにして殿様になられたんだ。これぞ天の定めるところだ。その殿様の国許を危難が襲った。そこで殿様は昔馴染みに手助けを願い、遊び仲間はなにをさしおいても松野城下に馳せ参じたというわけだ。どこのどなたが文句を付ける筋合いがある」

「世の中、そううまくはいかぬ」

　小籐次と梅五郎の嚙みあわない問答を倅の神太郎や職人らがにやにやと笑いながら見守っていた。

「赤目様、おまえ様がひさしぶりにうちに顔出ししたというのは、松野藩の御家騒動が決着をみたということじゃねえのかい。どうだね、酔いどれ様」

「まあ一応、分家と国家老の謀反の主導者は処断されたり、保雅様に改めて恭順を誓ったりと、落ち着きを取り戻した」

「ほれ、みねえ。おまえ様が出馬したからこそ、解決を見たってわけだ。そりゃ、うちは赤目様が研ぎ仕事に顔を出さねえってんで、困ったさ。だが、正月明けのことだ。大きな仕事もねえ時節だ。赤目小籐次の大義を全うするのをこうして待っていたってわけだ。だからさ、赤目様が白髪頭を下げることなんぞ、どこにもねえってことなんだよ」

　梅五郎が小籐次を鼓舞するように言い、いつも通りに店先に研ぎ場を設けてくれた。

駿太郎はおりょうが手放さず、仕事の帰りに今一度望外川荘に立ち寄り、引き取ることになっていた。

そこで小籐次は久しぶりの研ぎ仕事の感触を手先に思い出させながら、備前屋の商売道具の刃物を一丁ずつ丁寧に研いでいった。

昼餉をはさんでせっせと研ぎ仕事に集中したので、なんとか夕刻までには備前屋の道具は片付きそうな目途が立った。

八つ半の時分か、ふと小籐次は視線を感じて顔を上げた。すると読売屋の空蔵が備前屋の二軒隣の雑貨屋の軒下から、こちらを窺っていた。

「空蔵どの、そのようなところでなにをしておる」

「へっ、へい。酔いどれ様のご機嫌をね、伺っているところでさあ」

「そなた、わしの機嫌を伺うようなことをしたと、分っておるのだな」

「ちょ、ちょっと待って下さいな。これには深い仔細があってさ」

「どのような仔細か、とくと聞かせてもらおう」

小籐次は研ぎかけの畳用の大包丁を手に招いた。

「や、やめてくんな。酔いどれ小籐次様に大包丁で手招きされて、はい、さようですかと近くに行けるものか。おれの首がさ、浅草寺の大屋根の上まですっ飛んでいこうじゃないか」

「ほう。そなた、わしの機嫌を損ねたという自覚がありそうじゃな」

「だからさ、仔細が」

「あるのか」

「まあ、あるようなないような。江戸にさ、酔いどれ様がいねえと、景気が付かないんだよ。それでな、なにかこのしみったれたご時世をすっきりとさせるようなネタはねえかと、あちらこちらを嗅ぎまわったと思いなせえ」

「話が遠い。空蔵どの。もそっとこれへ」

再び小籐次が大包丁で手招きした。

「赤目様さ、その刃物を手から離してくれませんかね」

小籐次が大包丁を砥石の傍らに置いた。それでも空蔵はなかなか雑貨屋の軒下から動こうとはしなかった。

「空蔵さんや、天下の赤目小籐次様が読売屋空蔵さんの素っ首をとるとも思えねえ。安心してこちらにおいでなせえ」

と梅五郎が笑いながら手招きした。

望外川荘の普請や新春歌会を通じて、空蔵と梅五郎は知り合いだった。

「備前屋の隠居、ほんとうに酔いどれ様はなにもしないかね。いきなり噛みつ いたりしないかね」

「野犬じゃないよ。まあ、この梅五郎の前で酔いどれ様が理不尽なことをすることはあるまいよ」

ようやく空蔵が小籐次の一間手前まで寄ってきた。だが、一間以内に近寄ろうとはせず、立ったままだ。

「空蔵どのや、だれからわしと殿様の、保雅様の話を聞いたな」

小籐次も幾分語調を緩めて尋ねた。

「へえ、読売屋は勘がたよりの商いでね、赤目小籐次の昔はどうだったろうとふと思ったのさ。それでね」

空蔵がその先を言い淀んだ。

「申されよ」

「へえ、竹細工の内職をする森藩の下屋敷をね、角樽をぶら下げて訪ねたんだよ。用人の高堂伍平様は口を噤《つぐ》んでおられたがさ、中間の阿曽吉さんが、そういえば品川の騒ぎの頃、親父の伊蔵さんからひどい折檻を受けたな、と言い出したものだからさ、赤目様の朋輩があれこれと……」

「と申しても、下屋敷の中に品川の騒ぎを仔細に承知しておる者はおらぬはずじゃが」

と小籐次が再び空蔵を睨んだ。

「そこは敏腕をもって鳴るこの読売屋の空蔵ですよ。赤目様の昔仲間からね、詳しい話を聞いたってわけさ」

と空蔵が急に話を端折《はしょ》って言った。

「旗本一柳《ひとつやなぎ》家の中間の新八か」

「酔いどれ様も知らないらしいな。新八さんは十年以上も前に賭場《とば》のいざこざで、用心棒に刺し殺されたそうだ」

「なに、新八は身罷っていたか」

小籐次は思いがけない話の展開に茫然とした。

「新八に妹がいたのを覚えていなさるか、赤目様」

空蔵は話し始めて、ようやく落ち着きを取り戻したか、滑らかに喋り出した。

ついでに腰を下ろして梅五郎の煙草盆の火種を借りて煙草まで一服吸った。

「かよか」

「そう、かよさんさ。若い頃、小籐次さんとかよさんは思い思われの仲だったってね」

「かよが申したか」

「鶏小屋でかよさんの乳房に触れたってね。百姓の女房になってさ、孫が三人もいるかよさんがあっけらかんと話してくれたぜ」

「余計なことを」

と小籐次は舌打ちした。

「赤目小籐次様にも青い時代があったということだねえ。いい話ではございませんか」

と梅五郎がしきりに感心した。

「男ならだれでもあろう、甘酸っぱいような苦いような記憶だ。それ以上のことはなにもありはせぬ」

へえ、と空蔵が答え、

「だからね、このようなことは赤目様の極めて私ごとの過ぎ去りし日々ですから、そおっと触れないでおいたでしょうが」

と空蔵が居直ったように告げた。

「その昔、大円寺の寺侍で土肥光之丈って仲間がいたのを、赤目様は覚えておられますかえ」

「光之丈は騒ぎのあと、雑司ヶ谷村の野鍛冶の出戻り娘と所帯を持ち、その職を継いだはず。光之丈は健在であろうな」

「その名も光之《みつゆき》と変えて、雑司ヶ谷光之の作る道具は一生ものと評判の名野鍛冶の親方にございますよ」

「光之丈がな、それはうれしい知らせかな」

「赤目様、野鍛冶の家に婿に入れと、おまえ様が強く後押ししたんだってね。そのことを親方は深く感謝しておりましたよ」

「そうか、品川の騒ぎの全容を知ったのは光之丈からか」

小籐次はようやく得心した。

「親方はね、あの時代がいちばん面白かった。あの時代の野放図な生き方を守っているのは赤目小籐次だけだって、ちょっぴりね、寂しそうな口ぶりで呟いておられました」

「光之丈の暮らしが平凡ながらも幸せであるから、そのような言葉が発せられたのであろう」

「へえ、そういうことですよ」

と空蔵が胸を張って答えたものだ。

「じゃが、空蔵どのや。昔の話を暴かれて喜んでおるものばかりではあるまい」

「いえ、それがね、吉次さんも筒井加助さんも市橋与之助さんも同様に、天明七年の初夏を懐かしんでおられましたよ」

「なにっ、そなた、品川村腹っぺらし組の全員に会ったか」

「赤目様、ね、これでお分りでございましょう。読売一枚書くことがどれほど大変なことか。私はこの話の裏付けをちゃんと皆さんからとって、渾身《こんしん》の読売、酔いどれ小籐次昔話を書いたんでございますよ」

と空蔵が威張った。

「肝心要《かなめ》のわしには一言の断わりもなかったな」

「信州に出かけておられましたからな」

「といって、わしをないがしろにしていいわけもない」

と小籐次が空蔵を睨んだ。首を竦めて見返した空蔵が、

「格別ほらを吹いたわけじゃないんですがね。あの読売が出たお蔭で、江戸の赤

目小籐次人気はいちだんと上がりましたぜ」

と言い放った。

「だれも頼んではおらぬ」

と小籐次が応じて、

「どこがいけないんです」

と空蔵がいよいよ居直った。

「そなたは城中のいじめを知らぬゆえ、そのような無責任なことが書けるのじゃ。松平保雅様が城中の詰めの間で朋輩の大名方にいびられてみよ。六万石の大所帯と十二万余の領民の主だけに、そなたのように居直ることなどできまいが。わが主君の久留島通嘉様も、城なし小名と蔑まれたのだぞ」

「だから、ただ今の酔いどれ小籐次様が誕生したってわけだ」

「だれもそのようなことを頼んでおらぬ」

空蔵と小籐次の話はいつまでも噛み合わない。

「赤目様よ、諦めなされ。もう空蔵さんは読売に書いちまって大いに売れたんだ。今から取り返そうたって無理な話だ。空蔵さん、あの読売、いくら売りまくりなさった」

「へえ、それはもう」

と言いかけた空蔵が、

「いえ、思ったほどには売れておりません」

と前言を翻した。

ふうっ
と小籐次が大きな溜め息を吐き、

「それにしてもそなた、わしがこちらにおるとよう分ったな」

と空蔵に問うた。

「あっ!」

と空蔵が悲鳴のような声を上げ、

「えらい御用を忘れていた」

「どうした」

「だから、赤目様が怖い顔でこの空蔵を睨むものだから、肝心要の用事が吹っ飛んだじゃござんせんか」

「肝心要の御用とはなんだえ」

「へえ、私がね、こちらにお邪魔したのは望外川荘に行ったからですよ」

「そうか、おりょう様にわしの仕事先を教えてもらったか」

「へえ、そんなわけなんで」

と応じた空蔵が小籐次を見た。

「驚いちゃいけませんよ、酔いどれ様」

「話を聞かぬ先から驚けるものか」

「ものには順序ってものがございますでな。今朝方、ちょいと朝寝をして遅い朝餉を食しておりますと、へえ、店の前に陸尺四人の乗り物が止まりましてな」

「読売屋の前に陸尺四人の乗り物だと」

梅五郎が相の手を入れるように問うた。

神太郎や職人衆も仕事をしながらなんとなく店頭の話を聞いている。

「へえ、なんと松野藩江戸屋敷の鮫島権太夫様の到来にございましてな」

「ほう、過日の読売の評判がよいというので、なんぞ届け物を持ってこられたかえ」

と梅五郎が聞き役に回って話を進めた。

「痩せても枯れても読売屋の空蔵は、話のネタ元から金品を受け取る真似はしたことがないんで」

「それは大した信念じゃな」

「隠居、冷やかしはなしだ」

「空蔵どの、話を進めよ。鮫島様の用事とはなにか」

小籐次の厳しい声に空蔵が首を竦めて、

「赤目様の長屋に案内せよというものにございました」

「新兵衛長屋に陸尺四人の乗り物など付けられてたまるものか。第一、こちらに鮫島様に会うような用事はないわ」

「いえ、鮫島様ではないので」

「一体全体だれが九尺二間の裏長屋に来るというのだ」

「だから、松平保雅様が」

「なにっ」

とさすがの小籐次も言葉をなくした。

「で、ございましょう。だから私は裏長屋なんぞに六万石の譜代大名の行列なんぞ入るもんじゃないと、答えたんでございますよ」

「なにを考えておられる」

「なんでも赤目様にお礼が言いたいと殿様が仰せだそうで」

「そのようなことは、この際なしにしてもらおう」

「だって来ちまったんだもの、もう遅いやね」

「空蔵どの、そなたが申すことがまったく分らぬ」

「はい。だからものには順序がございまして」

「よい、結論を申されよ。だれがどこに来たというのだ」

「はい。松平保雅様が望外川荘にすでにお見えになって、おりょう様と談笑しておられますんで」

といやにはっきりとした口調で空蔵が答えた。

「なにっ！」

と小籐次が研ぎ場に立ち上がった。

「赤目様、ここは落ち着いて」

と梅五郎が言った。

「保雅様も松野藩も望外川荘がどこにあるか知るまい。そなたか、教えたのは」

「いえね、鮫島様によると、殿様がなんとしても今日じゅうに赤目様にお目にかかりたいと仰せだそうで、空蔵、なんとか致せと無理難題を言われるもので。この空蔵が、ない知恵を絞り、六万石の体面が傷つかず、赤目様方に迷惑がかからぬところはないかと考え抜いた結果、望外川荘を思い付きましたので」

「おりょう様の許しも得ずにか」

備前屋の店先に小籐次の大声が響きわたり、この日、何度目か、首を亀のように竦めた空蔵が、

「いえ、私がおりょう様のもとに走り、許しを得たあと、松野藩に使いを向わせ、殿様ご一行が望外川荘に見えたのを確かめて、かように赤目様のもとに急ぎ参上した次第にございますよ」

と言い足した。

ふうっ
と今一度小籐次は大きな息を吐くと、

「呆れて言葉もないわ」

と洩らしたものだ。

四

望外川荘の縁側に初夏の陽射しがあたっていた。西に傾いた橙《だいだい》色の光には華

やかさと軽やかさが感じられて、縁側で穏やかに談笑する三人の男女の景色を浮かび上がらせていた。

松平保雅と北村おりょうが親しげに何事か話し合い、その間に駿太郎が挟まって片手をおりょうの膝に置いていた。

小籐次はまるで真の、

「爺様と嫁と孫」

のようだと思った。それほど三人は自然に望外川荘の景色に溶け込んでいた。足りないものがあるとするとなにか。婆様か。

(いや、嫁の婿)

が足りないと思った。

小籐次は幸せな風景に歩み寄りながら、

(わしもまた駿太郎の爺様の一人)

と思った。それでいい、それ以上のなにを欲するというのか。

気配を感じたか、おりょうがふと視線を上げ、小籐次を見て微笑《ほほえ》んだ。その気配に保雅が小籐次を見た。

「赤目小籐次どの」

と保雅が小籐次を呼んだ。これまで一度としてなかった敬称が付いていた。

「赤目どのの暮らしと取り換えが利くならば、すべてを投げ出そうぞ」

と保雅が真剣な顔つきで言ったものだ。

「爺じい」

と駿太郎が最後に小籐次に気付いた。

「おりょう様に迷惑はかけなかったか」

「爺じい、いい子だったぞ」

「ほう、また一段と賢い子になったか」

と褒めた。

おりょうが二人の会話に頷きながら、小籐次に座るように勧めた。その場は保雅と隣り合わせで、駿太郎とおりょうの反対側だった。

(わしが入って清水に濁り水が混じった)

ような気がしたが、口にはしなかった。

「酔いどれ爺が譜代大名六万石の殿様になれるわけもなし、人には分というものがございましょう。赤目小籐次は裏長屋住まいの爺様で生涯を終えましょう。保雅様もそのような身分に身を落とすことができますかな」

「赤目どの、できまいな。予には家臣団二千余人がいて、十二万余の領民がおる。この者たちのためになすべきことがある」

「保雅様と小籐次は、天明七年四月に袂を分って以来、別の道を歩く定めにございました。それを今さら取り換えたところで詮無いことにございます」

保雅がしばし沈黙し、

「羨ましい生き方よのう」

と小籐次の生き方を羨望するようにまた呟いた。

「品川村腹っぺらし組の中には、賭場のいざこざで命を落とした者もあれば、野鍛冶の親方になった者もおります」

「天下を騒がす酔いどれ小籐次もおれば」

「六万石の殿様もおられる。それぞれがそれぞれの道を歩いてきたということにございますよ」

保雅が微笑んだ。

「本日、望外川荘に押しかけたにはわけがある。保典がそのお役目、ぜひ私にと願うたが、これればかりは倅に譲れるものか。天下の美女に会いに行く役じゃぞ」

と保雅が笑った。

「まあ、松野の殿様はお口まで上手にございますね、赤目様」

「品川宿で飯盛り女を相手に手練手管を習うた殿様は、三百諸侯の中にそうはおられまいからな」

「赤目どの、これぱかりは口先ではないぞ。望外川荘を訪い、なにやらこのところの胸の閊《つか》えがすうっと消えた」

「殿様、お屋敷でそのような気分になられたときは、いつなりとも望外川荘をお訪ね下さいまし」

「おりょうどの、よいか」

「この荘の主は、殿様の昔馴染みの赤目小籐次様にございます」

「保雅様、爺は長屋住まいと申し上げましたな」

おりょうと小籐次が言い合い、
ふっふっふ
と保雅が笑い声を洩らした。

「赤目小籐次、幸せ者よ」

「ただの酔いどれ爺にございますよ」

「そう聞いておこうか」

と保雅が答え、

「本日、城中にて老中青山忠裕様の御用部屋に再び呼ばれた」

と話柄を転じた。

座に緊張が走った。

「そこには老中水野忠成様、大久保忠真様方がおられたでな、松野藩の騒動に対してきついお叱りを覚悟した」

と保雅が険しい表情に変えていった。

「ところが、青山様からは信濃国にあって藩財政は健全にて領民は善政に喜んでおるそうな、能登守どの、すべてはそこもとのよき指導があってのことと、思いがけない言葉を賜った」

同輩の老中の前での言葉は幕閣の総意といってよい。

「おお、それはようございましたな、保雅様」

「むろんこたびの内紛にも触れられた。分家や国家老の謀反、そこもとにいささか油断ありしことは否めぬ。能登守どの、騒動のタネは小さい内に果断に消すがよかろうと、忠告と苦言も併せて口にされた」

と言葉を切った保雅が、

「それもこれも赤目小籐次がいたればこそ。予はそなたと付き合いがあったことをどれほど有難く思うたことか」

「保雅様、仰《おっしゃ》いますな。それがしとて、厩番の倅を、ただ今では酔いどれ爺を思い出して頂いた、どこぞの殿様のお気持ちがどれほど嬉しかったことか」

「赤目どの、それだけではないぞ」

「と仰いますと」

「詰めの間に退出してくるとな、そなたの旧主久留島通嘉様がお待ちで、わが藩の騒動が収まったことに祝いの言葉を述べられ、松野藩の善政を見習いたいとも仰った」

「ほう、通嘉様が」

「予は、そなたと通嘉様の関わりがなんと羨ましかったことか」

「それがしの旧主にござれば」

小籐次の答えに首肯した保雅が意を決したように言った。

「赤目小籐次と松平保雅、生涯の友でよいな」

「そのつもりにございますがな」

ふっふっふ、と二人が笑い合った。

二人の様子を満足げに見たおりょうが奥に視線を向けた。

「同輩の水野様、大久保様が御用部屋を出られたあと、青山忠裕様が内々の話じゃがと、御用部屋を辞去しようとする予に耳打ちをなされた。近々奏者番の補職あり、畏まって受けられよと命ぜられた」

奏者番は武家の礼式を司《つかさど》り、年頭や五佳節に諸侯が将軍に謁見する取次ぎをなしたり、進物を披露したり、上使に立ったりする重要な職である。『明良帯録《めいりょうたいろく》』に、

「言語怜悧《れいり》英邁《えいまい》之仁にあらざれば堪えず」

とあるように、明晰《めいせき》俊敏なものでなければ務め上げることができない。この御役を無事に務めれば若年寄、老中への道が開け、足がかりになる要職であった。

「保雅様、お目出とうござる」

「それもこれも赤目小籐次どのがおればこそ」

「仰いますな」

「そう、われらは昔馴染みであったな」

おしげとあいが酒器を捧げ持ってきた。そのあとに古林欣也ら松野藩の近習が

菰樽を運んできた。すでに鏡板は割られて、辺りにぷうーんと酒の香りが漂った。

「赤目様、こちらには大杯がございませんでした。本日、松野の殿様が城下で誂えた漆塗りの大杯を赤目様にとお持ち下さいました」

おりょうの言葉に、小姓の一人が五升は入りそうな朱漆の酒器を運んできて、小籐次の前に置いた。

「酔いどれ小籐次、朱塗りの大杯など所望したこともござらぬ。長屋住まいでは貧乏徳利と縁の欠けた茶碗が似合いでな」

「殿より赤目様へのお礼になにがよいかと相談されて、江戸屋敷にあったこの大杯はいかがかとお答えしました」

「それがしは昔の朋輩に頼まれ、お節介に首を突っ込んだだけでな、礼を言われることはしておらぬ。それより松野領内の、白い雪を頂いた高峰を背景にした清水の流れ、三連水車の回るわさび田の湧水群の景色をおりょう様にお見せしたかったと、それがいちばんの悔いでな」

「赤目どの、おりょうどの、予が城下に招く。次なる機会は物見遊山の旅に松野に参られよ」

「その折は、この欣也がもそっと上手に道案内を務めます」

と欣也が笑い、大杯をいったん下げると朋輩に合図した。すると大柄杓《おおびしやく》で大杯に酒が注がれ始めた。

「なに、酔いどれの外道芸を見せよと言われるか。おりょう様の前で醜態もならず、この酒器に半分を注いで下され」

と小籐次が願って、大杯に七分どおりの酒が注がれた。

近習二人が大杯を小籐次の前にしずしずと運んできて、縁側に腰を下ろした小籐次が体を捻って両手で受け取り、望外川荘の庭に向って大杯を捧げ持った。

「信州松野の名器で領内にて醸された上酒、頂戴致す」

と告げると、ゆっくりと鼻孔で酒の香りを楽しんだ。

「ううーん、保雅様が治められる松野領内の酒じゃ。芳醇な香りの中にわさび田を流れる清水を思い出すぞ」

小籐次がゆっくりと朱塗りの大杯の縁に口を寄せ、わずかに両手の酒器を傾けた。するとゆったりと酒精が口に流れ込み、喉に落ちていった。

このとき、小籐次は脳裏に、高峰から落ちる雪解け水の一滴が細い流れを作り、それらがいくつも縒《よ》り合わさって渓谷の岩の間を伝い、大きく成長して大河となり、松野城下を豊かに滔々と流れる光景を思い浮かべていた。

ぐ、ぐぐっ
と小籐次の喉が心地よく鳴る音を、保雅もおりょうも欣也も夕暮れの光の中で聞いて微笑んだ。

どれほどの時間が過ぎたか。

永久のようにも刹那《せつな》のようにも感じられた。

小籐次のほろ酔いの脳裏に通嘉の笑顔が浮かんで、消えた。

小籐次の顔の前で大杯が立てられ、ゆっくりと外された。

酒精がもくず蟹顔に艶をもたらし、てかてかと光って見えた。

「馳走にござった」

「見事かな、酔いどれ小籐次」

と保雅が満足げに笑った。


保雅一行は暮れ六つ（午後六時）前に望外川荘をあとにすることになった。一行は湧水池まで、屋根船二艘《そう》にわずかな供を従えて水路で微行してきていた。

小籐次とおりょうが船着場まで見送りに出た。

「赤目どの、話が尽きぬ。この次はわが屋敷で酒を酌み交わそうぞ。よいな、おりょうどのもじゃぞ」

と保雅が何度も二人に約束させ、船に乗り込もうとしたとき、二つの影が竹林の中から姿を見せた。

小籐次がおりょうを背後に回して、

「何用かな」

と尋ね、欣也らが緊張して保雅を囲んだ。

壮年の侍と今少し若い二人が深編笠を脱いだ。

「奥村勝倖ではないか」

保雅が門閥派の知恵袋、軍師と呼ばれた大目付の名を驚きの声とともに呼んだ。

「小埜新五郎どの」

と欣也が二人目の名を告げ、刀の柄に手をかけた。

「奥村、もはや門閥派は敗れた。これ以上、なにをなそうというのか」

保雅の声に哀しみがあった。

「武士の一念にござる。妾腹を松野藩の藩主に就けておくこと、座視できず」

「保雅を斬ると申すか。血は血を呼び、憎しみはまた新たな憎しみを招くことになる。無益な行いは止めよ」

と保雅が諭すように元家臣に忠言した。

「お命頂戴」

と奥村勝倖が黒塗り大小拵えの大刀を抜き、小埜新五郎も倣った。

「この期《ご》に及んで許せぬ」

と欣也が二人の前に立ち塞がろうとした。

「欣也どの、この場は酔いどれ爺に任されよ。保雅様も仰せになったであろう。家臣のそなたらが斬り合えば、新たな血と憎しみを松野領内に生むことになるでな」

小籐次がゆっくりと二人の前に出た。

「奥村勝倖どの、死に場所を探しておられるか」

「ぬかせ。われら、保雅を斬り、再び松野に門閥派の旗を掲げる」

「愚かなことを」

「酔いどれ、だいぶ酒に酔うておるようじゃな」

奥村勝倖らは小籐次が酒を飲んだことを承知で勝負を仕掛けていた。

三升余りの酒を大杯で飲んだ小籐次は、右足を開いて揺れる体の安定を図った。

それでも左右にゆらりゆらりと上体が泳いだ。そこにどこから散ってきたか、桜の花びらがはらはらと舞った。

「赤目小籐次、今宵がこの世の見納めぞ」

と奥村勝倖が大刀を正眼に構えた。なかなか堂々たる構えであった。

「さすがは松野藩大目付どの。流儀を聞いておこうか」

「古野与五右衛門先生直伝の定心流《ていしんりゅう》」

「承った」

小籐次の上体は相変わらず緩やかに右に左に、時に前へと揺れ動いて止まらない。

「酔いどれ小籐次、小埜新五郎が素っ首貰った」

と叫んだ新五郎が、頭上に突き上げた剣を踏み込みとともに斬り下ろしながら突っ込んできた。

小籐次の上体が後ろに反り返り、そして、ゆっくり前に落ちようとした脳天に、新五郎の上段からの斬り落としが襲いかかった。

ふわり
と小籐次の体が波濤《はとう》に運ばれるように右斜めに流れて、鞘に収まっていた次直が一条の光になって新五郎の胴を抜き、

くるり
と奥村勝倖に向き直った。

どさり、と新五郎が斃れ伏した。

「酔うた振りはまやかしか」

「剣は現《うつつ》とまやかしの波間に漂う芸でな」

「赤目小籐次の戯言《ざれごと》聞き飽きたわ」

と正眼の構えで間合いを詰めてきた。

互いの切っ先が半間に縮まり、奥村が動きを止めた。
一、二拍、呼吸を整えた後、正眼の剣を己の体に引き付けた。
小籐次の体が再び前後左右に揺れ始めていた。そして、横手に揺れていた上体が元に戻ろうとしたとき、

「とりゃ！」

という裂帛の気合いとともに奥村が飛び込み、剣が小籐次の肩口に振り下ろされた。

ゆらり
と再び前屈みに揺れた小籐次の体がそのまま低い姿勢で奥村の刃の下に潜り込

み、両手に保持していた次直の切っ先が奥村の喉元に伸びて、

ぱあっ

と斬り裂いた。

うっ

という呻き声を上げた奥村の体が動きの中で凍《い》てついたように固まり、竦んだ。

が、それは一瞬で前屈みに崩れ落ちていった。

「来島水軍流正剣五手波返し」

小籐次の口から呟きが洩れ、須崎村の望外川荘の船着場を沈黙が支配した。

「保雅様、これにて松野藩の騒動は終わりにございます」

ふうっ

と大きな息を吐いた保雅が、

「奥村勝侍も小埜新五郎も死の瞬間まで予の家臣であった」

と言うと、

「欣也、亡骸《なきがら》を船に乗せよ。藩邸で最後の弔いをなそうか」

と二つの骸《むくろ》の始末を命じた。

欣也らが奥村と小埜の骸を黙々と船に積み込み、保雅が、

「赤目小籐次どの、最後まで世話をかけた」

「なんの、われら昔馴染み、品川村腹っぺらし組の残党にござれば、相身互いにござる」

と応じた小籐次が、

「おりょう様、寒くはございませんか」

とおりょうの身を案じた。

船着場を二艘の屋根船が離れた。

「近々屋敷を訪ねてくれよ」

と保雅が話しかけ、

「必ずや」

と応じた小籐次が駿太郎の待つ望外川荘に向き直った。するとおりょうが小籐次に寄りかかり、二つの影が一つになったのを認めた保雅が、

(赤目小籐次の暮らしと取り換えが利くなれば、すべてを投げ出そうぞ)

と胸の中で呟いた。

巻末付録

国宝・松本城を〝攻める〟

文春文庫・小籐次編集班

本巻の小籐次も相変わらず忙しい。旧主久留島通嘉の呼び出しに出頭したのも束の間、かつての「品川村腹っぺらし組」の盟友・松平保雅のたっての願いにより、松野城下へ隠密行に発つ。三十年ぶりの保雅との再会は、旧友の消息とともに、読者には感慨深いものだった（詳しくは『小籐次青春抄』を参照）。

さて、小籐次が活躍する「松野」は、明言こそされていないが、信州・松本を彷彿とさせる。雪を頂く山々と山間を流れる清流、荘厳な城――。今回は、自然豊かな美しき松本の見所を巡る小旅行です。

九月某日。七時ちょうどの「スーパーあずさ1号」で新宿駅を出発、三時間弱で松本駅に着く。気温二十四度。半袖では少し肌寒い、雲ひとつない散策日和だ。松本まちなか観光ボランティアガイド副代表の熊谷大二郎さんと合流。

「松本城と城下町は他国から攻められたことはありませんが、防御施設としての名残が市内随所に残されています。寄り道をしながらご案内しましょう」

城歩き愛好家は「城を攻める」と呼ぶらしいが、いざ往かん、松本城天守！

地図を広げてまず気付くのは、松本市が河川と山に囲まれた地形にあるということ。小籐次と欣也は船を使ったが、市内を南北に走る善光寺街道（❶、三二六頁、地図参照。以下同）などを通ってくる軍勢は、河川に阻まれて攻め辛かったはず。

松本駅お城口を出てしばし直進してから左折、目抜き通りの善光寺街道を進む。市内の道は江戸時代以来そのままに碁盤状の部分が多いのだが、交差路で前方の道がちょっとずれている箇所がある。直進ができず、直角に二回曲がらないと進めないクランクになっているのだ。

「これは意図的にずらした『食い違い』（❷）で、ここで軍隊の動きが鈍くなります。おまけに『遠見遮断』といって建物に阻まれて前方が見えない。攻め手はイライラしたでしょうね」

道幅が狭いため車は一方通行。現代のドライバーにとってもかなり迷惑な構造だ。

それにしても閑かだ。耳を澄ますとせせらぎの音が聞こえる。ふと見た道端の水路には、水草が繁茂し、なんとニジマスが泳いでいる！

「川に繋がる水路は水質がよく、いたるところに湧水を汲むための井戸があるんです。有名なのはここ、源智の井戸（❸）ですね。酒造りの業者がみんな利用した名水でした」

通りがかりのサラリーマンや近所の人が水を飲んだり、汲んで持ち帰っているので、口にしてみると、微かに甘く感じる美味しい水だ。


再び城の方向に転じる。東西に延びる中町通りには、白壁と「なまこ壁」（壁面に張った瓦の継ぎ目に盛り上げた漆喰がなまこに見える）の土蔵が立ち並ぶ。通り沿いには、工芸品店や酒蔵などが立ち並び、時代情緒たっぷりだ。なかには、「**松野の家具は末代ものよ、壊れずいたまず、家栄え**」（**本文より**）と紹介された松本民芸家具のショールームもある。堅牢なミズメザクラで作られた椅子やテーブルは、深い茶色のシックな装いで思わず欲しくなるが、冷やかし気分が吹き飛ぶお値段。まさに末代に伝える覚悟が必要だった。

女鳥羽川を挟んで対岸は縄手通りで、江戸時代風の店舗が軒を連ねる。通りの端に鎮座する「ガマ侍」という巨大カエルのオブジェをはじめ、可愛いカエルグッズが多くてデートにぴったり！　うーん、そろそろ城が見たいなあ……と思いながら歩いていると、「はい、城内に入りましたよ」と熊谷さん。女鳥羽川を渡った現在地には、何も残されておら

松本城とその周辺図

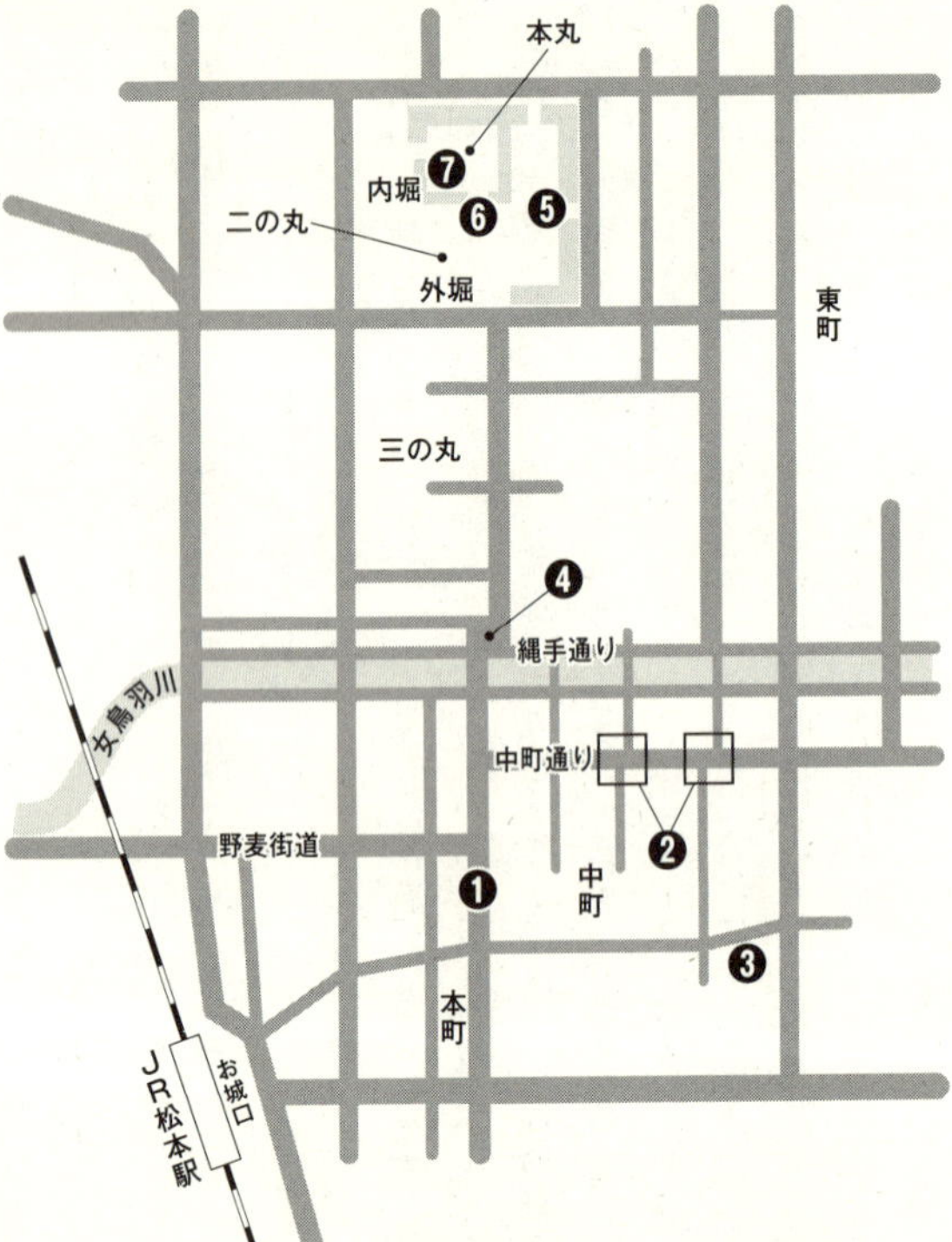

❶善光寺街道　❺太鼓門
❷食い違い　❻黒門
❸源智の井戸　❼松本城天守
❹大手門枡形

ず、城に入った実感はまるでない。強いて言えば、ここの道も直進できないクランクになっているぐらいなのだが。

「ここには城の最も外側の門である大手門枡形（❹）がありました。枡形というのは、二つの門を土塁や石垣で繋げて作られた四角い空間です。最初の門を破って侵入した敵を袋のねずみにして、三方から弓や鉄砲で攻撃するんです」

ちなみに、現在はほとんど埋め立てられてしまったが、家臣が住む屋敷を含めて城の外周をぐるりと囲む総堀と呼ばれる水堀があり、鉄砲の射程を考慮して幅は五十五メートル前後あった。また、この堀を掘って出た土を盛って築かれた土塁は幅が十七メートル、高さ三・六メートル、総延長二キロの巨大なものだったという。さらにその上に二・七メートルの土塀を築いたので、城外から見ると六メートル超、ビル二階を見上げる高さになる。高低差の少ない地に築かれた城ならではの防御施設だ。さらに、戦国時代、武田氏によって流路を大きく変更された女鳥羽川が天然の堀になっていたというから徹底している。

大手門でのかなりえげつない攻撃をかいくぐり、二百メートルほど進むと、ようやく「国宝　松本城天守」の巨大な石碑と黒門（天守がある本丸に入る正門）が見えてくる。早く城が見たいと気が急く筆者に、「ここは通れませんよ！」と熊谷さんが再びニヤリ。

「江戸時代には堀があって直進できませんでした。右手に迂回して、東側にある太鼓門（❺）から入り、さらに左手に回ってようやく黒門（❻）に入れたんです。松本城はそんなに甘くありませんよ（笑）」

つまり、堅牢な総堀を突破されても、そう易々と本丸が落ちることはない。本丸を内堀が、さらにその外側を外堀が守るのである。堀の内側に築かれた土塀には、弓矢や鉄砲を放つための小窓（狭間）が随所に見え、こちらに照準が合っている。

黒門をくぐると、それは唐突に現れる。大きな広場の隅、静かに天守（❼）がそびえていた。

小籐次と欣也はいつしか御堀端に出ていた。

御堀の水面には、五層六階の大天守と三層の乾小天守が影を映し、水面から石垣へと視線を上げていくと、雪を頂く山並みを背景に真の二つの天守が聳え立つ光景は壮観の一語であった。

野面積みの石垣と黒漆塗りの下見板をめぐらした松野城の外観が、烏城と呼ばれる所以でもあった。（本文より）

黒漆が塗られた下見板張と、漆喰壁の白色のコントラストが実に美しい。ところどころに狭間が設けられ、石落も十一か所ある堂々の戦闘施設を見上げて歩を進めていると、

「現在の待ち時間は四十分です！」

とのアナウンス。平日にもかかわらず、なんと入場制限がされているのだ。確かに、入口はそれほど大きくないし、高さ二十九・四メートルある大天守も案外こぢんまりとしたサイズ。仮に戦闘になったら、押し寄せる敵兵も入城まで順番待ちになっただろうなあ。もっとも、ここまで攻め寄せられたら勝ち目はほとんどない気はするが。

ようやく入城して驚かされるのが、急勾配の階段である。昔の人はなんと足腰が強かったのかとぼやいていると、

「天守は最後の戦場。精鋭が立て籠もる場所で、居住空間ではありません。藩主は御殿に、家臣も城内外の屋敷に住んでいますから」

なるほど、外のだだっ広い空き地は御殿の跡だったというわけだ。それにしても最大傾斜六十一度に及ぶこの階段は、武士の最期の〝悪あがき〟としか言いようがない。

天守内部は、耐久性を高めるために通し柱とされ、柱の位置が揃っているため整然とした印象を受ける。六階建てのなかで、面白いのは三階。

「ここは隠れ階で、外からは見えません。窓もなく、天井も低い。諸説ありますが、いよいよだめだと四階で城主が腹を切る際、時間稼ぎに敵兵を待ち伏せるために作られたと言われます」

熊谷さんの堂に入った案内をいつの間にかたくさんの人が聞いている。「ハラキリ」を

堀端から大天守を望む。右側の月見櫓では黒漆の塗り替えが行われていた

ご存知なのか驚いた顔の外国人グループと、一様に「こわ〜い」と言うご婦人方。否、戦にもなっていないし、腹を切ったお殿様も一人もいないのでご安心を。

最上階は四方に突き出たベランダに出ることができ、遠く北アルプスの眺望とともに、現在の市街地を一望することができる。足が竦まない自信のある方は、殿様気分で絶景をご堪能あれ。

最後は、天守に連結された辰巳附櫓を通って月見櫓へ。その名のとおり、月見をするために設けられた櫓は、泰平の世になった寛永年間、将軍徳川家光をお迎えするために造られたという。三方の戸を外し吹き抜けにすることができ、三方に巡らされた朱色の回縁がお洒落。これまでの重厚な印象とは大きく異なる風雅な建物であった。

明治の世になり、松本城は競売にかけられ売却され、取り壊しの憂き目に遭う。「城がなくなれば松本は骨抜きになる」と訴えた市川量造らの尽力があって、市民によって買い戻され、現在に遺された。傍らで熊谷さんが歌を詠む。

「立廻す　高嶺は雪の銀屛風　中に墨絵の　松本の里」

おお、お見事！

「もちろん、私の作ではありません（笑）。江戸時代の狂歌師鹿津部真顔が、北アルプスを借景にした美しい松本城下の佇まいを詠みました。豊かな自然に抱かれた城と町なみは、松本市民の誇りなんです」

【国宝 松本城】http://www.matsumoto-castle.jp/

【参考文献】松本市教育委員会『歴史のなかの 松本城』（二〇一〇年改訂版）

本書は『酔いどれ小籐次留書　旧主再会』（二〇一一年八月　幻冬舎文庫刊）に
著者が加筆修正を施した「決定版」です。

ＤＴＰ制作・ジェイ　エスキューブ

文春文庫

旧《きゅう》主《しゅ》再《さい》会《かい》
酔《よ》いどれ小籐次《ことうじ》（十六）決定版《けつていばん》

定価はカバーに表示してあります

2017年11月10日　第1刷

著　者　佐《さ》伯《えき》泰《やす》英《ひで》
発行者　飯窪成幸
発行所　株式会社　文藝春秋

東京都千代田区紀尾井町3-23　〒102-8008
TEL　03・3265・1211㈹
文藝春秋ホームページ　http://www.bunshun.co.jp

落丁、乱丁本は、お手数ですが小社製作部宛お送り下さい。送料小社負担でお取替致します。

印刷製本・凸版印刷

Printed in Japan
ISBN978-4-16-790963-5

佐伯泰英

文庫時代小説◎全作品チェックリスト

二〇一七年十一月現在
監修／佐伯泰英事務所

どこまで読んだか、
チェック用にどうぞご活用ください。
キリトリ線で切り離すと、
書店に持っていくにも便利です。

掲載順はシリーズ名の五十音順です。
品切れの際はご容赦ください。

キリトリ線

佐伯泰英事務所公式ウェブサイト「佐伯文庫」 http://www.saeki-bunko.jp/

双葉文庫

居眠り磐音 江戸双紙
いねむりいわね えどぞうし

- □ ① 陽炎ノ辻 かげろうのつじ
- □ ② 寒雷ノ坂 かんらいのさか
- □ ③ 花芒ノ海 はなすすきのうみ
- □ ④ 雪華ノ里 せっかのさと
- □ ⑤ 龍天ノ門 りゅうてんのもん
- □ ⑥ 雨降ノ山 あふりのやま
- □ ⑦ 狐火ノ杜 きつねびのもり
- □ ⑧ 朔風ノ岸 さくふうのきし
- □ ⑨ 遠霞ノ峠 えんかのとうげ
- □ ⑩ 朝虹ノ島 あさにじのしま
- □ ⑪ 無月ノ橋 むげつのはし
- □ ⑫ 探梅ノ家 たんばいのいえ
- □ ⑬ 残花ノ庭 ざんかのにわ
- □ ⑭ 夏燕ノ道 なつつばめのみち
- □ ⑮ 驟雨ノ町 しゅううのまち
- □ ⑯ 螢火ノ宿 ほたるびのしゅく
- □ ⑰ 紅椿ノ谷 べにつばきのたに
- □ ⑱ 捨雛ノ川 すてびなのかわ
- □ ⑲ 梅雨ノ蝶 ばいうのちょう
- □ ⑳ 野分ノ灘 のわきのなだ
- □ ㉑ 鯖雲ノ城 さばぐものしろ
- □ ㉒ 荒海ノ津 あらうみのつ
- □ ㉓ 万両ノ雪 まんりょうのゆき
- □ ㉔ 朧夜ノ桜 ろうやのさくら
- □ ㉕ 白桐ノ夢 しろぎりのゆめ
- □ ㉖ 紅花ノ邨 べにばなのむら
- □ ㉗ 石榴ノ蠅 ざくろのはえ
- □ ㉘ 照葉ノ露 てりはのつゆ
- □ ㉙ 冬桜ノ雀 ふゆざくらのすずめ
- □ ㉚ 侘助ノ白 わびすけのしろ
- □ ㉛ 更衣ノ鷹 きさらぎのたか 上
- □ ㉜ 更衣ノ鷹 きさらぎのたか 下
- □ ㉝ 孤愁ノ春 こしゅうのはる
- □ ㉞ 尾張ノ夏 おわりのなつ
- □ ㉟ 姥捨ノ郷 うばすてのさと
- □ ㊱ 紀伊ノ変 きいのへん
- □ ㊲ 一矢ノ秋 いっしのとき
- □ ㊳ 東雲ノ空 しののめのそら
- □ ㊴ 秋思ノ人 しゅうしのひと
- □ ㊵ 春霞ノ乱 はるがすみのらん
- □ ㊶ 散華ノ刻 さんげのとき
- □ ㊷ 木槿ノ賦 むくげのふ
- □ ㊸ 徒然ノ冬 つれづれのふゆ
- □ ㊹ 湯島ノ罠 ゆしまのわな
- □ ㊺ 空蟬ノ念 うつせみのねん
- □ ㊻ 弓張ノ月 ゆみはりのつき
- □ ㊼ 失意ノ方 しついのかた
- □ ㊽ 白鶴ノ紅 はっかくのくれない
- □ ㊾ 意次ノ妄 おきつぐのもう
- □ ㊿ 竹屋ノ渡 たけやのわたし
- □ (51) 旅立ノ朝 たびだちのあした

【シリーズ完結】

□ シリーズガイドブック
「居眠り磐音 江戸双紙」読本
（特別書き下ろし小説・シリーズ番外編「跡継ぎ」収録）

キリトリ線

□居眠り磐音 江戸双紙 帰着準備号
橋の上 はしのうえ
（特別収録「著者メッセージ&インタビュー」「磐音が歩いた『江戸』案内」「年表」）

□吉田版「居眠り磐音」江戸地図
磐音が歩いた江戸の町
（文庫サイズ箱入り）
超特大地図＝縦75cm×横80cm

ハルキ文庫

鎌倉河岸捕物控
かまくらがしとりものひかえ

□①橘花の仇 きっかのあだ
□②政次、奔る せいじ、はしる
□③御金座破り ごきんざやぶり
□④暴れ彦四郎 あばれひこしろう
□⑤古町殺し こまちごろし
□⑥引札屋おもん ひきふだやおもん
□⑦下駄貫の死 げたかんのし
□⑧銀のなえし ぎんのなえし
□⑨道場破り どうじょうやぶり
□⑩埋みの棘 うずみのとげ
□⑪代がわり だいがわり
□⑫冬の蜉蝣 ふゆのかげろう
□⑬独り祝言 ひとりしゅうげん
□⑭隠居宗五郎 いんきょそうごろう
□⑮夢の夢 ゆめのゆめ
□⑯八丁堀の火事 はっちょうぼりのかじ
□⑰紫房の十手 むらさきぶさのじって
□⑱熱海湯けむり あたみゆけむり
□⑲針いっぽん はりいっぽん
□⑳宝引きさわぎ ほうびきさわぎ
□㉑春の珍事 はるのちんじ
□㉒よっ、十一代目！ よっ、じゅういちだいめ
□㉓うぶすな参り うぶすなまいり
□㉔後見の月 うしろみのつき
□㉕新友禅の謎 しんゆうぜんのなぞ
□㉖閉門謹慎 へいもんきんしん
□㉗店仕舞い みせじまい
□㉘吉原詣で よしわらもうで
□㉙お断り おことわり
□㉚嫁入り よめいり

□シリーズガイドブック
「鎌倉河岸捕物控」読本
（特別書き下ろし小説・シリーズ番外編「寛政元年の水遊び」収録）

□シリーズ副読本
鎌倉河岸捕物控 街歩き読本

双葉文庫

空也十番勝負 青春篇
くうやじゅうばんしょうぶ せいしゅんへん

□①声なき蟬 こえなきせみ 上
□②声なき蟬 こえなきせみ 下
□③恨み残さじ うらみのこさじ

キリトリ線

講談社文庫

交代寄合伊那衆異聞《こうたいよりあいいなしゅういぶん》

□ ① 変化《へんげ》
□ ② 雷鳴《らいめい》
□ ③ 風雲《ふううん》
□ ④ 邪宗《じゃしゅう》
□ ⑤ 阿片《あへん》
□ ⑥ 攘夷《じょうい》
□ ⑦ 上海《しゃんはい》
□ ⑧ 黙契《もっけい》
□ ⑨ 御暇《おいとま》
□ ⑩ 難航《なんこう》
□ ⑪ 海戦《かいせん》
□ ⑫ 謁見《えっけん》
□ ⑬ 交易《こうえき》
□ ⑭ 朝廷《ちょうてい》
□ ⑮ 混沌《こんとん》
□ ⑯ 断絶《だんぜつ》
□ ⑰ 散斬《ざんぎり》
□ ⑱ 再会《さいかい》
□ ⑲ 茶葉《ちゃば》
□ ⑳ 開港《かいこう》
□ ㉑ 暗殺《あんさつ》
□ ㉒ 血脈《けつみゃく》
□ ㉓ 飛躍《ひやく》

【シリーズ完結】

ハルキ文庫

長崎絵師通吏辰次郎《ながさきえしとおりしんじろう》

□ ① 悲愁の剣《ひしゅうのけん》
□ ② 白虎の剣《びゃっこのけん》

光文社文庫

夏目影二郎始末旅《なつめえいじろうしまつたび》

□ ① 八州狩り《はっしゅうがり》
□ ② 代官狩り《だいかんがり》
□ ③ 破牢狩り《はろうがり》
□ ④ 妖怪狩り《ようかいがり》
□ ⑤ 百鬼狩り《ひゃっきがり》
□ ⑥ 下忍狩り《げにんがり》
□ ⑦ 五家狩り《ごけがり》
□ ⑧ 鉄砲狩り《てっぽうがり》
□ ⑨ 奸臣狩り《かんしんがり》
□ ⑩ 役者狩り《やくしゃがり》
□ ⑪ 秋帆狩り《しゅうはんがり》
□ ⑫ 鵺女狩り《ぬえめがり》
□ ⑬ 忠治狩り《ちゅうじがり》
□ ⑭ 奨金狩り《しょうきんがり》

キリトリ線

キリトリ線

□ ⑮神君狩り《しんくんがり》
【シリーズ完結】

□ シリーズガイドブック
夏目影二郎「狩り」読本
（特別書き下ろし小説・シリーズ番外編
「位の桃井に鬼が棲む」収録）

祥伝社文庫
秘剣《ひけん》

□ ①秘剣雪割り 悪松・棄郷編《ひけんゆきわり わるまつ・ききょうへん》
□ ②秘剣瀑流返し 悪松・対決「鎌鼬」《ひけんばくりゅうがえし わるまつ・たいけつかまいたち》
□ ③秘剣乱舞 悪松・百人斬り《ひけんらんぶ わるまつ・ひゃくにんぎり》
□ ④秘剣孤座《ひけんこざ》
□ ⑤秘剣流亡《ひけんりゅうぼう》

新潮文庫
古着屋総兵衛初傳《ふるぎやそうべえ しょでん》

□ 光圀《みつくに》
（新潮文庫百年特別書き下ろし作品）

新潮文庫
古着屋総兵衛影始末《ふるぎやそうべえかげしまつ》

□ ①死闘《しとう》
□ ②異心《いしん》
□ ③抹殺《まっさつ》
□ ④停止《ちょうじ》
□ ⑤熱風《ねっぷう》
□ ⑥朱印《しゅいん》
□ ⑦雄飛《ゆうひ》
□ ⑧知略《ちりゃく》
□ ⑨難破《なんぱ》
□ ⑩交趾《こうち》
□ ⑪帰還《きかん》
【シリーズ完結】

新潮文庫
新・古着屋総兵衛《しん・ふるぎやそうべえ》

□ ①血に非ず《ちにあらず》
□ ②百年の呪い《ひゃくねんののろい》
□ ③日光代参《にっこうだいさん》
□ ④南へ舵を《みなみへかじを》
□ ⑤○に十の字《まるにじゅのじ》
□ ⑥転び者《ころびもん》
□ ⑦二都騒乱《にとそうらん》
□ ⑧安南から刺客《アンナンからしかく》

□ ⑨ たそがれ歌麿《たそがれうたまろ》
□ ⑩ 異国の影《いこくのかげ》
□ ⑪ 八州探訪《はっしゅうたんぼう》
□ ⑫ 死の舞い《しのまい》
□ ⑬ 虎の尾を踏む《とらのおをふむ》
□ ⑭ にらみ《にらみ》

祥伝社文庫

完本 密命《かんぼん みつめい》

□ ① 完本 密命 見参《けんざん》！ 寒月霞斬り《かんげつかすみぎり》
□ ② 完本 密命 弦月三十二人斬り《げんげつさんじゅうににんぎり》
□ ③ 完本 密命 残月無想斬り《ざんげつむそうぎり》
□ ④ 完本 密命 刺客《しかく》 斬月剣《ざんげつけん》
□ ⑤ 完本 密命 火頭《かとう》 紅蓮剣《ぐれんけん》
□ ⑥ 完本 密命 兇刃《きょうじん》 一期一殺《いちごいっさつ》
□ ⑦ 完本 密命 初陣《ういじん》 霜夜炎返し《そうやほむらがえし》
□ ⑧ 完本 密命 悲恋《ひれん》 尾張柳生剣《おわりやぎゅうけん》
□ ⑨ 完本 密命 極意《ごくい》 御庭番斬殺《おにわばんざんさつ》
□ ⑩ 完本 密命 遺恨《いこん》 影ノ剣《かげのけん》
□ ⑪ 完本 密命 残夢《ざんむ》 熊野秘法剣《くまのひほうけん》
□ ⑫ 完本 密命 乱雲《らんうん》 傀儡剣合わせ鏡《くぐつけんあわせかがみ》
□ ⑬ 完本 密命 追善《ついぜん》 死の舞《しのまい》
□ ⑭ 完本 密命 遠謀《えんぼう》 血の絆《ちのきずな》
□ ⑮ 完本 密命 無刀《むとう》 父子鷹《おやこだか》
□ ⑯ 完本 密命 烏鷺《うろ》 飛鳥山黒白《あすかやまこくびゃく》
□ ⑰ 完本 密命 初心《しょしん》 闇参籠《やみさんろう》
□ ⑱ 完本 密命 遺髪《いはつ》 加賀の変《かがのへん》
□ ⑲ 完本 密命 意地《いじ》 具足武者の怪《ぐそくむしゃのかい》
□ ⑳ 完本 密命 宣告《せんこく》 雪中行《せっちゅうこう》
□ ㉑ 完本 密命 相剋《そうこく》 陸奥巴波《みちのくともえなみ》
□ ㉒ 完本 密命 再生《さいせい》 恐山地吹雪《おそれざんじふぶき》
□ ㉓ 完本 密命 仇敵《きゅうてき》 決戦前夜《けっせんぜんや》
□ ㉔ 完本 密命 切羽《せっぱ》 潰し合い中山道《つぶしあいなかせんどう》
□ ㉕ 完本 密命 覇者《はしゃ》 上覧剣術大試合《じょうらんけんじゅつおおじあい》
□ ㉖ 完本 密命 晩節《ばんせつ》 終の一刀《ついのいっとう》

【シリーズ完結】

□ シリーズガイドブック
「密命」読本
（特別書き下ろし小説・シリーズ番外編
「虚けの龍」収録）

キリトリ線

文春文庫
小籐次青春抄《ことうじせいしゅんしょう》

□品川の騒ぎ・野鍛冶《しながわのさわぎ　のかじ》

文春文庫
酔いどれ小籐次《よいどれことうじ》

□①御鑓拝借《おやりはいしゃく》
□②意地に候《いじにそうろう》
□③寄残花恋《のこりはなよするこい》
□④一首千両《ひとくびせんりょう》
□⑤孫六兼元《まごろくかねもと》
□⑥騒乱前夜《そうらんぜんや》
□⑦子育て侍《こそだてざむらい》
□⑧竜笛嫋々《りゅうてきじょうじょう》
□⑨春雷道中《しゅんらいどうちゅう》
□⑩薫風鯉幟《くんぷうこいのぼり》
□⑪偽小籐次《にせことうじ》
□⑫杜若艶姿《とじゃくあですがた》
□⑬野分一過《のわきいっか》
□⑭冬日淡々《ふゆびたんたん》
□⑮新春歌会《しんしゅんうたかい》
□⑯旧主再会《きゅうしゅさいかい》

〈決定版〉随時刊行予定

□⑰祝言日和《しゅうげんびより》
□⑱政宗遺訓《まさむねいくん》
□⑲状箱騒動《じょうばこそうどう》

文春文庫
新・酔いどれ小籐次《しん・よいどれことうじ》

□①神隠し《かみかくし》
□②願かけ《がんかけ》
□③桜吹雪《はなふぶき》
□④姉と弟《あねとおとうと》
□⑤柳に風《やなぎにかぜ》
□⑥らくだ《らくだ》
□⑦大晦り《おおつごもり》
□⑧夢三夜《ゆめさんや》
□⑨船参宮《ふなさんぐう》

光文社文庫
吉原裏同心《よしわらうらどうしん》

□①流離《りゅうり》
□②足抜《あしぬき》
□③見番《けんばん》
□④清掻《すががき》
□⑤初花《はつはな》
□⑥遣手《やりて》
□⑦枕絵《まくらえ》

キリトリ線

□ ⑧炎上《えんじょう》
□ ⑨仮宅《かりたく》
□ ⑩沽券《こけん》
□ ⑪異館《いかん》
□ ⑫再建《さいけん》
□ ⑬布石《ふせき》
□ ⑭決着《けっちゃく》
□ ⑮愛憎《あいぞう》
□ ⑯仇討《あだうち》
□ ⑰夜桜《よざくら》
□ ⑱無宿《むしゅく》
□ ⑲未決《みけつ》
□ ⑳髪結《かみゆい》
□ ㉑遺文《いぶん》
□ ㉒夢幻《むげん》
□ ㉓狐舞《きつねまい》
□ ㉔始末《しまつ》
□ ㉕流鶯《りゅうおう》

□ シリーズ副読本
佐伯泰英「吉原裏同心」読本

光文社文庫

吉原裏同心抄《よしわらうらどうしんしょう》

□ ①旅立ちぬ《たびだちぬ》
□ ②浅き夢みし《あさきゆめみし》

ハルキ文庫

シリーズ外作品

□ 異風者《いひゅもん》

キリトリ線

あさのあつこ
燦《さん》 ―1― 風の刃《やいば》
疾風のように現れ、藩主を襲った異能の刺客・燦。彼と剣を交えた家老の嫡男・伊月。別世界で生きていた二人には隠された宿命があった。少年の葛藤と成長を描く文庫オリジナルシリーズ。
あ-43-5

あさのあつこ
燦 ―2― 光の刃
江戸での生活がはじまった。伊月は藩の世継ぎ・圭寿と大名屋敷住まい。長屋暮らしの燦と、伊月が出会った矢先に不吉な知らせが。少年が江戸を奔走する文庫オリジナルシリーズ第二弾！
あ-43-6

あさのあつこ
燦 ―3― 土の刃
「圭寿、死ね」。江戸の大名屋敷に暮らす田鶴藩の後嗣に、闇から男が襲いかかった。静寂を切り裂き、忍び寄る魔の手の正体は。そのとき伊月は、燦は。文庫オリジナルシリーズ第三弾。
あ-43-8

あさのあつこ
燦 ―4― 炎の刃
「闇神波は我らを根絶やしにする気だ」。江戸で男が次々と斬りつけられる中、燦は争う者の手触りを感じる。一方、伊月は圭寿の亡き兄の側室から面会を求められる。シリーズ第四弾。
あ-43-11

あさのあつこ
燦 ―5― 氷の刃
表に立たざるをえなくなった田鶴藩の後嗣・圭寿、彼に寄り添う伊月、そして闇神波の生き残りと出会った燦。圭寿の亡き兄が寵愛した妖婦・静門院により、少年たちの関係にも変化が。
あ-43-14

あさのあつこ
燦 ―6― 花の刃
「手伝ってくれ、燦。頼む」藩政を立て直す覚悟を決めた圭寿は燦に協力を仰ぐ。静門院とお吉のふたりの女子は、驚くべき方法で伊月と圭寿に近づくが――。急展開の第六弾。
あ-43-15

あさのあつこ
燦 ―7― 天の刃
田鶴藩に戻った燦は、篠音の身の上を聞き、ある決意をする。城では圭寿が、藩政の核心を突く質問を伊月の父・伊佐衛門に投げかけていた――。少年たちが闘うシリーズ第七弾。
あ-43-17

（　）内は解説者。品切の節はご容赦下さい。

あさのあつこ
燦　8　鷹の刃
遊女に堕ちた身を恥じながらも燦への想いを募らせる篠音に、伊月は「必ず燦に逢わせる」と誓う。一方その頃、刺客が圭寿に放たれ——三人三様のゴールを描いた感動の最終巻！
あ-43-18

井川香四郎
男ッ晴れ　樽屋三四郎　言上帳
奉行所の目が届かない江戸庶民の人情と事情に目配りし、事件を未然に防ぐ闇の集団・百眼《ひゃくまなこ》と、見かけは軽薄だが熱く人間を信じる若旦那・三四郎が活躍する書き下ろしシリーズ第1弾。
い-79-1

井川香四郎
かっぱ夫婦　樽屋三四郎　言上帳
ガラクタさえも預かる質屋を営み、店子の暮しを支える長屋の大家夫婦。だが悪徳高利貸しが立ち退きを迫り——。敢然と立ち上がった三四郎の痛快なる活躍を描く、シリーズ第11弾。
い-79-11

井川香四郎
おかげ横丁　樽屋三四郎　言上帳
江戸の台所である日本橋の魚河岸に、移転話が持ち上がった。私欲の為に計画をゴリ押しする老中に、三四郎は反対の声をあげるが、関わる人物が次々と殺されて——。シリーズ第12弾。
い-79-12

井川香四郎
狸の嫁入り　樽屋三四郎　言上帳
桐油屋「橘屋」に届いた、行方知れずの跡取り息子・佐太郎の訃報。だが、とある絵草紙屋の男を死んだはずの佐太郎と疑う浪人が現れた。浪人の狙いは、果たして。シリーズ第13弾。
い-79-13

井川香四郎
近松殺し　樽屋三四郎　言上帳
身投げしようとした商家の手代を助けた謎の老人。百両ばかり入った財布を放り出して去ったこの男、どうやら近松門左衛門と浅からぬ因縁があるらしい——。シリーズ第14弾。
い-79-14

井川香四郎
高砂や　樽屋三四郎　言上帳
将軍吉宗が観能中の江戸城内に、凧のような物体が飛来するなど、不穏な江戸の町。そんななか、佳乃が誘拐される。三四郎は許嫁を救出できるか。大好評シリーズ、感動と驚愕の大団円。
い-79-15

（　）内は解説者。品切の節はご容赦下さい。

稲葉 稔
ちょっと徳右衛門
幕府役人事情

剣の腕は確か、上司の信頼も厚いのに、家族が最優先と言い切るマイホーム侍・徳右衛門。とはいえ、やっぱり出世も同僚の噂も気になって…新感覚の書き下ろし時代小説！

い-91-1

稲葉 稔
ありゃ徳右衛門
幕府役人事情

同僚の道ならぬ恋を心配し、若造に馬鹿にされ、妻は奥様同士のつきあいに不満を溜めている。リアリティ満載の新感覚時代小説！　家庭最優先の与力・徳右衛門シリーズ第二弾。

い-91-2

稲葉 稔
やれやれ徳右衛門
幕府役人事情

色香に溺れ、ワケありの女をかくまってしまった部下の窮地を救えるか？　役人として、男として、答えを要求されるマイホーム侍・徳右衛門。果たして彼は〝最大の敵〟を倒せるのか。

い-91-3

稲葉 稔
疑わしき男
幕府役人事情 浜野徳右衛門

与力・津野惣十郎に絡まれた徳右衛門。しまいには果たし合いを申し込まれる。困り果てていたところに起こった人殺し事件。徒目付の嫌疑は徳右衛門に——。危うし、マイホーム侍！

い-91-4

稲葉 稔
五つの証文
幕府役人事情 浜野徳右衛門

従兄の山崎芳則が札差の大番頭殺しの容疑をかけられた。潔白を証明せんと一肌脱ぐ徳右衛門。が、そのせいで妻のあらぬ疑いを招くはめに。われらがマイホーム侍、今回も右往左往！

い-91-5

稲葉 稔
人生胸算用

郷士の長男という素性を隠し、深川の穀物問屋に奉公に入った辰馬。胸に秘めるは「大名に頭を下げさせる商人になる」という決意。清々しくも温かい時代小説、これぞ稲葉稔の真骨頂！

い-91-11

風野真知雄
死霊の星
くノ一秘録3

彗星が夜空を流れ、人々はそれを弾正星と呼んだ——。松永弾正久秀が愛用する茶釜に隠された死霊の謎。狐憑きが帝の御所で跋扈するなか、くノ一の蛍は命がけで松永を探る！

か-46-26

（　）内は解説者。品切の節はご容赦下さい。

鳥羽 亮
八丁堀吟味帳「鬼彦組」
謀殺

呉服屋「福田屋」の手代が殺された。さらに数日後、番頭らが辻斬りに。尋常ならぬ事態に北町奉行所吟味方与力・彦坂新十郎の率いる精鋭同心衆「鬼彦組」が捜査に乗り出した。シリーズ第2弾。

と-26-2

鳥羽 亮
八丁堀吟味帳「鬼彦組」
闇の首魁

複雑な事件を協力しあって捜査する「鬼彦組」に、同じ奉行所内の上司や同僚が立ちふさがった。背後に潜む町方を越える幕府の闇に、男たちは静かに怒りの火を燃やす。シリーズ第3弾。

と-26-3

鳥羽 亮
八丁堀吟味帳「鬼彦組」
裏切り

日本橋の両替商を襲った強盗殺人。手口を見ると殺しのほかは十年前に巷を騒がした強盗「穴熊」と同じ。だが昔の一味は、鬼彦組の捜査を先廻りするように殺されていた。シリーズ第4弾。

と-26-4

鳥羽 亮
八丁堀吟味帳「鬼彦組」
はやり薬《ぐすり》

江戸の町に流行風邪が蔓延。人気医者・玄泉が出す万寿丸は飛ぶように売れたが、効かないと直言していた町医者が殺された。いぶかしむ鬼彦組が聞きこみを始めると――。シリーズ第5弾。

と-26-5

鳥羽 亮
八丁堀吟味帳「鬼彦組」
謎小町

先ごろ江戸を騒がす「千住小僧」を追っていた同心が殺された！後を追う北町奉行所特別捜査班・鬼彦組に、闇の者どもの「親子の情」が立ちふさがった。大人気シリーズ第6弾！

と-26-6

鳥羽 亮
八丁堀吟味帳「鬼彦組」
心変り

幕府の御用だと偽り戸を開けさせ強盗殺人を働く「御用党」。北町奉行所の特別捜査班・鬼彦組に追い詰められた彼らは、女医師を人質にとるという暴挙にでた！　大人気シリーズ第7弾。

と-26-7

（　）内は解説者。品切の節はご容赦下さい。

鳥羽 亮
八丁堀吟味帳「鬼彦組」
惑い月

賭場を探っていた岡っ引きが惨殺された。手札を切っていた同心にも脅迫が――。精鋭同心衆の「鬼彦組」が動き出す！　倉田佐之助の剣が冴える、人気書き下ろし時代小説第8弾。

と-26-8

鳥羽 亮
八丁堀吟味帳「鬼彦組」
七変化

同心・田上与四郎の御用聞きが殺された。与力の彦坂新十郎は事件の背後に自害しているはずの「目黒の甚兵衛」の影を感じる――果たして真相は？　人気書き下ろし時代小説第9弾。

と-26-9

鳥羽 亮
八丁堀吟味帳「鬼彦組」
雨中の死闘

連続して襲撃される鬼彦組同心の御用聞きたち。やがて明らかになる意外で強大な敵とは？　危険な戦いの中で倉田の剣が冴える、鳥羽亮の大人気書き下ろし時代小説第10弾。

と-26-10

鳥羽 亮
八丁堀吟味帳「鬼彦組」
顔なし勘兵衛

ある夜廻船問屋「黒田屋」のあるじと手代が惨殺された。賊は複数いるらしい……。「鬼彦組」は探査を始めるが、なんと新十郎が襲撃されて傷を負う――緊迫のシリーズ最終作。

と-26-11

野口 卓
ご隠居さん

腕利きの鏡磨ぎ師・梟助じいさん。江戸に暮らす人々の家に入り込み、落語や書物の教養をもって面白い話を披露、時には事件を鮮やかに解決します。待望の新シリーズ。　（柳家小満ん）

の-20-1

野口 卓
心の鏡
ご隠居さん(二)

古き鏡に魂あり。誠心誠意磨いたら心を開いてくれるでしょう――古い鏡にただならぬものを感じ精進潔斎して鏡磨ぎの仕事に挑む表題作など全五篇。人気シリーズ第二弾。　（生島 淳）

の-20-2

（　）内は解説者。品切の節はご容赦下さい。

野口　卓
犬の証言
ご隠居さん㈢
五歳で死んだ一人息子が見知らぬ夫婦の子として生れ変っていた？　愛犬クロのとった行動に半信半疑の両親は――鏡磨ぎの梟助じいさんが様々な「絆」を紡ぐ傑作五篇。　（北上次郎）
の-20-3

野口　卓
出来心
ご隠居さん㈣
主人が寝ている隙に侵入した泥坊が、酒の誘惑に勝てず酔いつぶれたという隣家の話に「まるで落語ですね」と梟助さん。勢い話は泥坊づくしとなり――。大好評の第四弾。　（縄田一男）
の-20-4

野口　卓
還暦猫
ご隠居さん㈤
突然引っ越したお得意様夫婦の新居を梟助さんが訪ねると、座布団に猫が一匹。まさかあの奥さまの願望が真実に!?　落語や豆知識が満載の、ほろ苦くも心温まる第五弾。　（大矢博子）
の-20-5

野口　卓
思い孕《はら》み
ご隠居さん㈥
十七歳で最愛の夫を亡くしたイネ曰く「死んでも魂はそばにいるの」。そのうちイネのお腹が膨らみ始めて……。謎と笑い溢れる江戸のファンタジー全五篇。好評シリーズ第六弾！
の-20-6

藤井邦夫
花飾り
秋山久蔵御用控
神田川で刺し傷のある男の死体が揚がった。殺された晩、川の傍にたたずむ女が目撃されていた。さらに翌日、男と旧知の御家人も殺された。二人を恨む者の仕業なのか？　シリーズ第二十弾。
ふ-30-25

藤井邦夫
無法者
秋山久蔵御用控
評判の悪い旗本の部屋住みを調べ始めた久蔵と手下たち。強請の現場を目撃するが、標的となった者たちも真っ当ではない。久蔵は事情があるとみて探索を進める。シリーズ第二十一弾！
ふ-30-26

（　）内は解説者。品切の節はご容赦下さい。

藤井邦夫
秋山久蔵御用控
島帰り

女誑しの男を斬って、久蔵が島送りにした浪人が務めを終え江戸に戻ってきた。久蔵は気に掛け行き先を探るが、男は姿を消した。何か企みがあってのことなのか。人気シリーズ第二十二弾。

ふ-30-27

藤井邦夫
秋山久蔵御用控
生き恥

金目当ての辻強盗が出没した。怪しいのは金遣いの荒い遊び人とみて、久蔵は旗本の部屋住みなどの探索を進める。そんな折、和馬は旗本家の男と近しくなる。シリーズ第二十三弾。

ふ-30-28

藤井邦夫
秋山久蔵御用控
守り神

博奕打ちが殺された。この男は、お店の若旦那や旗本を賭場に誘い、博奕漬けにして金を巻き上げていたという。久蔵は手下たちとともに下手人を追う。好評書き下ろし第二十四弾！

ふ-30-29

藤井邦夫
秋山久蔵御用控
始末屋

二人の武士に因縁をつけられた浪人が、衆人環視の中、相手を斬り捨てた。尋常の立合いの末であり問題はないと誰もが庇う中、〝剃刀〟久蔵だけが違和感を持った。シリーズ第二十五弾！

ふ-30-30

藤井邦夫
秋山久蔵御用控
冬の椿

かつて久蔵が斬り棄てた浪人の妻と娘。質素ながら幸せそうに暮らす二人だったが、その様子を窺う怪しい男に気づいた和馬は、久蔵に願って調べを始める。人気シリーズ第二十六弾！

ふ-30-31

藤井邦夫
秋山久蔵御用控
夕涼み

十年前に勘当され出奔した袋物問屋の若旦那が、江戸に戻ってきたらしい。隠居した父親は勘当したことを悔い、弥平次に息子捜しを依頼する。〝剃刀〟久蔵の裁定は？　シリーズ第二十七弾！

ふ-30-32

（　）内は解説者。品切の節はご容赦下さい。

藤井邦夫
秋山久蔵御用控
煤払い
博奕打ちが簀巻きにされ土左衛門になって上がった。博奕打ち同士の抗争らしい。"剃刀"久蔵は、わざと双方を泳がせて一網打尽にしようと画策する。人気シリーズ第二十八弾！
ふ-30-33

藤原緋沙子
切り絵図屋清七
ふたり静
絵双紙本屋の「紀の字屋」を主人から譲られた浪人・清七郎は、人助けのために江戸の絵地図を刊行しようと思い立つ。人情味あふれる時代小説書下ろし新シリーズ誕生！　（縄田一男）
ふ-31-1

藤原緋沙子
切り絵図屋清七
紅染の雨
武家を離れ、町人として生きる決意をした清七。与一郎や小平次らと切り絵図制作を始めるが、紀の字屋を託してくれた藤兵衛からおゆりの行動を探るよう頼まれて……。新シリーズ第二弾。
ふ-31-2

藤原緋沙子
切り絵図屋清七
飛び梅
父が何者かに襲われ、勘定所に関わる大きな不正に気づく清七。武家に戻り、実家を守るべきなのか。切り絵図屋も軌道に乗ったばかりだが——。シリーズ第三弾。
ふ-31-3

藤原緋沙子
切り絵図屋清七
栗めし
二つの殺しの背後に浮上したある同心の名から、勘定奉行の関わる大きな陰謀が見えてきた——大切な人を守るべく、清七と切り絵図屋の仲間が立ち上がる！　人気シリーズ第四弾。
ふ-31-4

山口恵以子
小町殺し
錦絵「艶姿五人小町」に描かれた美女たちが、左手の小指を切り取られて続けざまに殺された。これは錦絵をめぐる連続猟奇殺人なのか？　女剣士・おれんは下手人を追う。　（香山二三郎）
や-53-2

文春文庫　最新刊

キャプテンサンダーボルト 上下　阿部和重　伊坂幸太郎
人気作家がタッグを組んだ徹夜本！　書下ろし掌篇二篇を収録

ブルース　桜木紫乃
貧しさから這い上がり夜の支配者となった男と、彼を巡る女たち

応えろ生きてる星　竹宮ゆゆこ
結婚直前に現れた謎の女は不吉な予兆だった!?　文庫書き下ろし

ほんとうの花を見せにきた　桜庭一樹
吸血種族バンブーが人間の子供を拾う——大河的青春吸血鬼小説

蒲生邸事件〈新装版〉上下　宮部みゆき
二・二六事件で戒厳令下の帝都に現代の浪人生がタイムトリップ！

戦国　番狂わせ七番勝負　木下昌輝ほか
信長、昌幸らの想定外な物語を、気鋭の歴史小説家たちが描く

うみの歳月　宮城谷昌光
無名時代に書いた現代小説五編と詩一編を初公刊。幻の作品集

猫はおしまい　高橋由太
手首斬り殺人の犯人に平四郎が狙われている!?　シリーズ最終巻

辞令　高杉良
大手メーカー宣伝部の広岡に突然辞令が下る——経済小説の傑作

旧主再会 酔いどれ小籐次（十六）決定版　佐伯泰英
旧主・久留島通嘉に呼び出された小籐次は意外な依頼を受ける

鬼平犯科帳 決定版（二十二）特別長篇　迷路　池波正太郎
生涯一の難事件といえる事態に平蔵は苦悩し、行方を晦ます

鬼平犯科帳 決定版（二十三）特別長篇　炎の色　池波正太郎
謹厳実直な亡父に隠し子が。妹の存在を知り平蔵はひと肌脱ぐ

男の肖像〈新装版〉　塩野七生
ナポレオン、チャーチル、信長——古今東西の英雄に今学ぶべきこと

西郷隆盛と「翔ぶが如く」　文藝春秋編
当時の写真と絵でたどる「西郷どん」の世界。多彩な執筆陣

お話はよく伺っております　能町みね子
街で偶然耳にした会話に、まさかのドラマが!?　人間観察エッセイ

ゴースト・スナイパー 上下　ジェフリー・ディーヴァー　池田真紀子訳
影なき辣腕暗殺者にリンカーン・ライムが挑む！　人気シリーズ

ジブリの教科書15 **崖の上のポニョ**　スタジオジブリ＋文春文庫編
主題歌も大ヒットの話題作を吉本ばなな氏・横尾忠則氏らが解説